AtV

Ulrich Plenzdorf wurde 1934 in Berlin geboren und wuchs dort auf. 1954 bis 1955 studierte er marxistische Philosophie in Leipzig. Von 1955 bis 1958 war er Bühnenarbeiter bei der DEFA. 1959 bis 1963 Studium an der Filmhochschule Potsdam-Babelsberg; danach Szenarist im DEFA-Film-Studio Babelsberg. Er lebt als freier Schriftsteller in Berlin.

Heinrich-Greif-Preis (1971); Heinrich-Mann-Preis (1973); Ingeborg-Bachmann-Preis (1978); Adolf-Grimme-Preis (1995); DAG-Fernsehpreis in Gold (1995).

Wichtigste Veröffentlichungen: Karla (Film, 1965, nicht aufgeführt); Die neuen Leiden des jungen W. (Erzählung, Theaterstück, 1972); Die Legende von Paul und Paula (Film, 1973); Kein runter, kein fern (Erzählung, 1979; Theaterstück, UA 1990); Glück im Hinterhaus (Film nach Günter de Bruyn, 1975); Legende vom Glück ohne Ende (Roman, 1979; Theaterstück, UA 1983); Gutenachtgeschichte (Erzählung, 1983); Ein Tag länger als ein Leben (Theaterstück nach Tschingis Aitmatow, UA 1986); Freiheitsberaubung (Theaterstück nach Günter de Bruyn, UA 1988); Zeit der Wölfe (Theaterstück nach Tschingis Aitmatow, 1989); Hüpf, Häschen, hüpf! (Film, 1991); Vater, Mutter, Mörderkind (Film, 1992); Das andere Leben des Herrn Kreins (Dokumentarspiel, 1993); Liebling Kreuzberg (Fernsehserie, 1994); Matulla und Busch (Film nach Klaus Schlesinger, 1995); Der Trinker (Film nach Hans Fallada, 1995); Berliner Geschichten. »Operativer Schwerpunkt Selbstverlag«. Eine Autoren-Anthologie: wie sie entstand und von der Stasi verhindert wurde. (Hrsg. zus. mit Klaus Schlesinger und Martin Stade, 1995.)

Robert Liebling hat sich in die Kanzlei von Isolde Isenthal mehr recht als schlecht eingelebt. Sein Zimmer ist laut – liegt aber idyllisch. Direkt vor der Tür ein Park und um die Ecke der heißeste Berliner Strich. Auch sonst sieht er sich von Frauen umstellt. Da ist Isolde, seine Chefin, sie lebt getrennt. Da meldet sich Ria, eine Ex-Mandantin und Ex-Freundin, die seinetwegen von Betriebswirtschaft auf Jura umgestiegen ist. Da ist seine Sekretärin Senta, die »Seele vons Geschäft« – bei Licht besehen, würde auch sie Liebling nicht von der Bettkante weisen. Und da ist plötzlich wieder Lena, seine letzte Frau-Freundin, und händigt ihm tatsächlich das veruntreute Geld aus, wenns ginge, um Liebeslohn. Könnte sich Liebling doch getrost wieder in sein genüßliches Rentnerleben zurückziehen. Tut er aber nicht. Bleibt im Prenzlauer Berg. Rennt sich die Hacken ab für eine Klientel, wie sie ihm noch nicht vorgekommen ist.

Diese Textfassung schrieb Ulrich Plenzdorf nach seinen Drehbüchern zur IV. Staffel der Fernsehserie »Liebling Kreuzberg«. Ein Band mit den ersten fünf Folgen ist kürzlich im Aufbau Taschenbuch Verlag erschienen.

Ulrich Plenzdorf

Liebling, Prenzlauer Berg

Ein Anwalt kommt selten allein

Aufbau Taschenbuch Verlag

ISBN 3-7466-1422-8

1. Auflage 1997
Aufbau Taschenbuch Verlag GmbH, Berlin

Umschlaggestaltung Preuße-Hülpüsch
unter Verwendung eines Fotos des PRESSEDIENST KINDERMANN
(Manfred Krug als Robert Liebling, Jenny Gröllmann als
Isolde Isenthal)
Satz LVD GmbH, Berlin
Druck Elsnerdruck GmbH, Berlin
Printed in Germany

Inhalt

Speckkartoffeln mit Pflaumen 7

Leben ist auch eine Kunst 58

Spatz in der Hand 102

Wer schmeißt denn da mit Lehm … 148

Speckkartoffeln mit Pflaumen

Das Isenthal-Haus

Alle Fenster im Haus sind dunkel – bis auf eines im ersten Stock.

Büro der Isenthal

Die Isenthal sitzt in ihrem Büro. Sie trinkt. Sie trinkt Hartes. Direkt vor ihr das Bild der Sekretärin ihres Mannes. Irgendwann hat sie auch das Bild ihres Mannes danebengehängt, eines von Axel und auch von Barbara.
Die Tür bewegt sich: Liebling. Er ist in Morgenmantel und Schlafanzug und hat ein leeres Glas in der Hand.
Die Isenthal nimmt ihre Beine von der Schreibtischkante.
Liebling: Tun Sie sich keinen Zwang an. Sie sind doch hier zu Hause.
Die Isenthal legt die Beine wieder auf den Tisch.
Sie: Wenn Sies sagen!
Liebling postiert sein Glas neben ihre Flasche.
Die Isenthal: Bedienen Sie sich!
Liebling: Danke.
Er tut es.
Die Isenthal: Ich gehör zu den Menschen, die, wenn sie trinken, kriegen sie ein weiches Herz.
Liebling: Kann ich Ihnen irgendwie helfen?
Die Isenthal: Indem Sie noch was drin lassen. Ich brauch noch was.
Liebling versucht, aus seinem Glas wieder etliche Kubikzentimeter zurück in die Flasche zu füllen.
Die Isenthal: So wars nun auch wieder nicht gemeint!

Liebling: Notfalls gibts ja noch Spätverkauf. In der … na … der …
Die Isenthal: Kollwitz. Wos früher Kohlen gab. Irgendwie kommts aufs selbe raus. Normalerweise da gibts Autos, wos früher Kohlen gab, aber in der Kollwitz gibts Schnaps, wos früher Kohlen gab. Und wos früher Schnaps gab, und Schnaps gabs überall, und billig war er, da gibts heute wieder Schnaps, bloß viel teurer und viel später. Es ist alles nicht so einfach, bloß davon verstehn Sie nichts. Und trotzdem kommt alles irgendwie aufs selbe raus.
Liebling: Ich hab Sie eigentlich noch nie trinken sehn.
Die Isenthal: Mal mußte es ja passieren.
Liebling: Und gegen wen trinken Sie heute so?
Die Isenthal: Und Sie?
Liebling: Gegen die Dame links von dem Herrn? Oder mehr den Herrn rechts von dem Herrn oder die Dame rechts von dem Herrn rechts von dem Herrn?
Die Isenthal: Und Sie?
Liebling: Ich hab nicht soviel Damen und Herren, gegen die ich trinken kann.
Die Isenthal: Sie haben eine Tochter mit einem süßen Sohn. Sie haben eine Mutter für die Tochter. Sie haben eine bezaubernde Freundin für sich.
Liebling: Hatte.
Die Isenthal: Ihre Schuld! Ein Wink mit dem kleinen Finger, und sie ist wieder da.
Liebling: Ich habe leider eine ausgeprägte Winkschwäche.
Die Isenthal: Im Gegensatz zu mir. Ich winke und winke. Kommt bloß keiner. Der eine nicht, der andere nicht, überhaupt keiner. Im Gegenteil – alle verlassen mich. Oder haben Sie was von Axel gehört?
Liebling hat nicht.
Die Isenthal: Und woran liegt das? Sagen Sie jetzt nicht, daß Sie auch eine ausge … ausgedingste Hörschwäche haben! – Er meldet sich einfach nicht. Und woran liegt das?

Liebling: Das wissen wir doch! Er will kein potentieller Mörder sein. Würde ich an seiner Stelle auch nicht anrufen, vorsichtshalber.
Die Isenthal: Denke, es wird nicht mehr abgehört? Außerdem kann er ja auch schreiben, hat er doch gelernt.
Liebling: Ist ihm vielleicht auch zu kitzlig!
Die Isenthal: Daß ich nicht lache!
Sie schenkt sich neu ein.
Die Isenthal: Ich kann Ihnen ja sagen, wogegen ich trinke. Gegen eine einzelne alleinstehende Dame.
Liebling: Und Barbara?
Die Isenthal: Die wird auch immer älter.
Liebling: Dann werden Sie Großmutter!
Die Isenthal: Trinken wir gegen die Großmutter!
Sie tun es.
Die Isenthal: Sie wollten doch auf den Kohlenplatz, Nachschub holen.
Liebling: So?!
Er meint: Im Morgenmantel.
Die Isenthal: Ich mein das ernst. Sonst geh ich.
Und da Liebling sich nicht rührt, steht sie auf, wenn auch nicht mehr ganz sicher auf den Beinen.
Liebling bleibt ruhig.
Sie geht los, geht aus der Kanzlei.
Liebling bleibt sitzen.
Nicht lange, und die Isenthal ist wieder im Raum.
Die Isenthal: Würden Sie mir mal zeigen, wo der Lichtschalter ist?
Liebling: Da, wo er immer war, gleich rechts vor der Tür, wenn Sie rauskommen.
Die Isenthal: Da ist er aber nicht mehr!
Liebling: Versuchen Sies nochmal.
Die Isenthal: Sie sind ein Sadist.
Wieder verläßt sie den Raum.
Liebling geht zum Fenster und sieht – sie kommt aus dem Haus und überquert die Straße.

Senefelder Platz

Ein Fahrradfahrer holt die Isenthal ein – Liebling.
Liebling: Gehn Sie zurück, ich mach das!
Die Isenthal: Gehn *Sie* zurück. *Ich* mach das. Vorläufig bin ich stocknüchtern.
Und doch freut sie sich, daß sie nicht mehr allein auf der Straße ist.
Liebling: Sie gehören zu den Menschen, die, wenn sie getrunken haben, stocknüchtern sind!

Kollwitzstraße

Polizeiwagen vor einer Kneipe. Eine Limousine, zwei Wannen. Erregte Leute werden vorläufig festgenommen. Durchweg junge Leute. Beide Wannen werden gefüllt – in die eine kommen alle mit Glatzen, Lederjacken und Pilotenstiefeln, in die andere alle anderen, darunter etliche Punks. Noch auf der Straße fliegen Fäuste.
Liebling fragt: Was war denn los?
Jemand, der in der Kneipe war, antwortet: Erst Disco. Dann Nazis West gegen Punks Ost.
Die Isenthal: Mir ist mies.
Liebling: Sie brauchen einen Schnaps.
Ein älterer Passant: Wozu se die erst mitnehmen. Komm doch sowieso gleich wieda frei. Früher haben wir sowas verbrannt.
Die Isenthal: Ich glaube, ich will nach Hause. Ich gehör nämlich zu den Menschen, die, wenn sie getrunken haben, kein Blut sehen können.
Liebling: Sie sind doch stocknüchtern!

Hier werden in einem winzigen Kabuff Getränke verkauft und Eis aus der Truhe.
Liebling: Haben Sie auch Götterspeise? Waldmeister?
Der Kohlenmann: Früher hätt ick uff ihre Frare jesacht: Keene Götterspeise kriense visavis, hier kriense keen Koks. Aber heute bitte sehr! Waldmeister, der Herr! Von welche Firma?
Liebling zeigt in die geöffnete Truhe.
Die Isenthal ist fassungslos.
Liebling: Dann gehts doch aufwärts?
Der Kohlenmann: Und ob. Und ob. Darfs noch wat sind? Schönet sattet Pückla die Dame?
Liebling: Die Dame gehört zu den Menschen, die, wenn sie getrunken haben, können sie kein Pückler vertragen. Gleichzeitig öffnet er seine Götterspeise und fängt verzückt an zu löffeln.
Die Isenthal: Hätte ich im Leben nicht gedacht, ausgerechnet Sie und Götterspeise!
Liebling: Einmal mußte es ja passieren. Oh, Mann! Die ist ja noch besser als früher!
Der Kohlenmann: Wenn dit so is – ick liefere Ihnen Ihre tägliche Ration frei Haus. Oda noch bessa, Sie nehmen gleich ne janze Palette, und die tunse in Kühlschrank.
Liebling: Kommt ganz auf den Rabatt an.
Der Kohlenmann: Rabatt is für mir ne Stadt in Frankreich.
Liebling: Marokko würde ich sagen. Marokko!
Der Kohlenmann: Na, schön, denn können wa drüber reden.
Liebling, immer noch bei der Götterspeise: Vielleicht sollte man mit allem im Leben mal ne Pause machen und dann wieder damit anfangen.
Der Kohlenmann übergibt ihm die besagte Großpakkung.
Der Kohlenmann: Zum Einführungspreis von sagen wir

mal 10 Deutsche Mark. Und wat is jetzt mit Kohlen? Koks? Beste Ware. Reinster Kohlenstoff! Und sagen Sie nicht, Sie haben schon welche! Wat zu essen, wat zu trinken und wat zum Feuern kann man nie jenug haben, oder wissen Sie, wat kommt? Und das alles zum Sommerpreis und nich wie früher vor die Tür jekippt, sondern Stück für Stück in Keller jestapelt, nach Größe und numeriert wennse wolln. Stellnse sich ma vor, es kommt wieder anders, oder wollnse dit ausschließn? Denn haben Sie schon Kohlen!
Die Isenthal: Ich dachte, Sie haben gar keine Kohlen mehr.
Der Kohlenmann: Ick hab Kohlen so viel, wie Sie wollen, bloß mit Kohlen alleen komm ick nich mehr übern Winter, und Winter is bei mir der Sommer.
Die Isenthal: Über eine Tüte Eierkohlen würde ich schon mit mir reden lassen.
Der Kohlenmann: Na, sehnse! Wär ja ooch zu albern jewesen bei die nachtschlafende Zeit wegen eene Jötterspeise!
Und schon hat die Isenthal eine vorher gepackte Tüte im Arm.

Wieder auf der Straße

Die Isenthal: Die Nächte habe ich am liebsten, wo man wegen einer Flasche Schnaps aus dem Haus geht und mit einer Tüte Kohlen nach Hause kommt.
Liebling: Und mit ner Kiste Götterspeise.
Und sie verladen Eierkohlen und Götterspeise auf dem Gepäckständer von Lieblings Rad.
Liebling: A propos Schnaps!?
Die Isenthal: Is mir vergangen. Vorhin.
Liebling: Nicht wenigstens Eierlikör?
Die Isenthal: Wollen Sie mich umbringen?!

Liebling und die Isenthal kommen mit ihren Einkäufen. Sie sind schon jetzt falsch verteilt. Liebling hat die Eierkohlen – die Isenthal die Götterspeise.
Beide bemühen sich, besonders leise zu sein, mit dem bei Angetrunkenen üblichen Effekt: Sie erreichen das Gegenteil.
Die Isenthal: Zum wem gehn wir jetzt, zu dir oder zu mir?
Liebling: Ich muß jetzt erst mal in die Küche, den Waldmeister in den Kühlschrank tun!
Sie gehen in die Küche, und Liebling fängt an, die Eierkohlen in den Kühlschrank zu sortieren.
Die Isenthal: Dann tu ich solange die Eierkohlen in den Ofen.
Liebling folgt ihr in ihr Schlafzimmer. Es ist absolut konventionell eingerichtet, mit Ehebett. Ein Bett ist aufgeschlagen, das andere unberührt.
Die Isenthal setzt die Götterspeise neben dem Kachelofen ab, den es auch noch gibt.
Die Isenthal: Sie sagen gar nichts, daß ich du sieze?
Liebling: Das ist doch nichts Neues. Ich duze mich schon immer, das ist sehr praktisch.
Die Isenthal läßt sich mehr oder weniger auf ihr Bett fallen.
Die Isenthal: Wie stehen Sie eigentlich zu Frauen? Wie zu Götterspeise? Konsumierst du die lieber einzeln und mit Pausen oder im Pack mit Rabatt?
Liebling: Kommt auf das Angebot an. Aber ich könnte mich jetzt keinesfalls in das Bett da legen. Wie käm ich mir denn da vor? Wie dein verstorbener Mann.
Die Isenthal: Achim ist für mich gestorben, aber ansonsten ist er ... Achim ...
Sie schläft.
Liebling zieht ihr noch die Schuhe von den Füßen, dann geht er.

Liebling: Wenn Achim für dich gestorben ist, dann will ich nicht mehr Robert Liebling heißen.

Küche

Barbara wartet ungeduldig am Küchentisch. Sie hat gedeckt. Sie hat Kaffee gekocht und Eier aufgetischt. Die Eier hält sie unter Eierwärmern warm.
Zuerst kommt Liebling, dann die Isenthal. Die Isenthal mit den vielen Götterspeisen.
Als Liebling den gedeckten Tisch sieht: Ist heute Muttertag oder was?
Die Isenthal: Du bist ja noch hier?
Barbara: Wir haben erst zweite Stunde.
Sie gießt eilig Kaffee ein.
Die beiden Erwachsenen sind leicht irritiert.
Barbara: Was ist denn das fürn Schlampamper? Für mich?
Die Isenthal: Das ist Roberts.
Barbara: Also Robert!! Der Robert war ein Wüterich. Der schlug die Stühl und Vögel tot. Die Katzen litten große Not.
Die Isenthal: Das war nicht der Robert, das war der Friederich. Der Robert war der mit dem Regenschirm. Der fliegende Robert.
Beide Erwachsen nehmen im gleichen Moment die Eierwärmer auf – Eierkohlen sind in den Eierbechern.
Barbara: Erklärt mir mal einer, wie die in den Kühlschrank gekommen sind?
Die Erwachsenen sind ratlos.
Barbara: Das ist ein Zeichen von Axel. Er war hier! Denkt mal darüber nach.
Sie geht.
Die Isenthal: Entschuldigen Sie wegen gestern!
Liebling: Was war denn?
Die Isenthal: Vergessen Sies!
Liebling: Und woher wissen Sie das mit Robert?

Die Isenthal: Aus dem Struwwelpeter. Außerdem weiß ich gar nicht, was Sie gegen Robert haben. Robert Koch. Robert Redford. Robert Havemann.
Draußen Bewegung.
Beide decken eiligst ihre Eierkohlen zu.
Senta kommt.
Senta: Moin, Chef. Moin, Chefin. Einer von Ihnen wird dringend erwartet.
Liebling schlägt sich an die Stirn und erhebt sich.

Lieblings Büro

In Lieblings Büro wartet Jahn.
Liebling hereinkommend: Auf Sie hab ich gewartet!
Jahn: Und ich auf Sie.
Liebling: Na, gut. Und was ist?
Jahn legt ihm ein Fotoalbum vor, das er offenbar mit großer Liebe angefertigt hat. Jahn schlägt die erste Seite auf. Liebling wirft einen Blick darauf. Sein Gesicht verändert sich. Er schlägt das Album wieder zu.
Liebling: Von Fotos war eigentlich nicht die Rede!

Kneipe im Monbijoupark

Liebling und Jahn sitzen an einem Tisch in der Ecke. Vor ihnen die Fotos. Auf jedem Bild Lena und Axel. Meistens auf dem Weg vom Haus, in dem Lena wohnt, zum Auto oder vom Auto zum Haus. Oft Arm in Arm.
Liebling: Dabei könnte sie seine Mutter sein.
Jahn: Vielleicht Tarnung.
Liebling: Wo ist das?
Jahn: Berlin.
Liebling: Klar Berlin.
Jahn: Sagen Sie das nicht. Die Frau hat im ganzen Land Immobilien.

Liebling: Das wissen Sie auch! – Und das hier ist in welcher Straße?
Jahn schiebt ihm einen Zettel zu, gleichzeitig seine Abrechnung. Liebling liest beides.
Jahn: War leider nicht ganz einfach. Die Frau meldet sich offenbar nie um.
Liebling: Hab ich was gesagt?
Er zahlt Jahn aus.
Jahn steckt die Scheine ein, spuckt aber vorher drauf.
Liebling: Und für die Fotos?
Jahn: Die warn ja nicht bestellt.
Liebling akzeptiert das. Und dann: Kommen Sie!
Es zieht ihn zum Billard.

Vor der Autowerkstatt

Die beiden Cowboys lungern vorm Zaun. In Sichtweite steht das Objekt ihrer Begierde – der Cadillac.
Der Kleine: Jetzt hattern mang die andern jestellt, damit wa nich wieda so schnell rankomm.
Der Große: Ick gloobe, hinten rechts hattern Platten.
Der Kleine: Du spinnst.
Der Große: So janz kann ick dit imma noch nich fassen: Unsa Wagen, und wir komm nich ran.
Der Kleine: Wenn dit dit einzje is, watte heutzutage nich fassen kannst, denn freu dir.
Der Große: Wie meinstn dit? Politisch? Seit wann interessierst du dir für sowat wie Politik? Du hast doch nur eens im Kopp – Autos.
Der Kleine: Und du?!
Der Große: Da kommse!
Gemeint sind die Isenthal und ein jüngerer Mann, der Chef der Werkstatt. Sie kommen vom Gericht. Sie steigen aus dem Trabant der Isenthal.
Der Kleine: Der Typ muß sowat von jeizig sein. Der is nich ma mit seim eijnen Wagn jefahn!

Der Große: Die Chefin sieht ziemlich mitjenommen aus.
Der Kleine: Wejen uns?
Die Isenthal: Erst die gute oder erst die schlechte Nachricht.
Der Große: Entweder wir haben gewonnen, und denn jibts nur eene Nachricht. Wenns aber noch eene jibt, ham wir verloren. Richtig?
Die Isenthal: Richtig. Herr Neumann kann den Wagen weiterhin behalten.
Der Kleine: Und wat is nu die jute Nachricht?
Die Isenthal: Die Kammer hat angeordnet, daß ein neues Gutachten erstellt wird. Und mit dem gehen wir dann gegen die Versicherung vor, je nachdem, oder Herr Neumann muß Ihnen den Wagen übergeben, auch wenn er zuviel repariert hat. Was wolln Sie mehr?
Der Große: Wie wärt mitn Verjleich?
Herr Neumann: Wie soll denn der aussehen?
Der Kleine: Wir zahln Sie ne Kaution und kriejen den Wagen gleich.
Herr Neumann: Das heißt, Sie zahlen die gesamte Rechnung?
Der Große: Dit jeht ja nich! Nachher fällt dit neue Jutachten jejen Sie aus, und wie komm wa denn wieda zu unsan Jeld? Die Hälfte von dem, um dit wa streitn!
Herr Neumann: Darüber hätten wir reden können vor zwei Monaten. Bevor Sie mir diesen Brief geschrieben haben und bevor Sie mir bei Nacht und Nebel den Wagen vom Hof geholt haben! Über die Mauer! Mit einem Kran! Und ich bin Existenzgründer. Wenn ich ne Firma wär wie Vauweh oder wie sonst irgendein Großer, hätt ich gesagt: Haut ab mit dem Schrotthaufen, und laßt euch nicht wieder sehn! Aber ich hab keinen Pfennig zu verschenken! Für das Grundstück wird eine Pacht verlangt, wenn ich an die denke, kann ich nicht mehr schlafen!
Der Kleine: Dit ham wir ja nu nich jewußt.
Der Große: Schrotthaufen – darf der das sagen?

Das ist eine Frage an die Isenthal.
Die Isenthal: Zu einer Sache darf jeder Mensch sagen, was er will. Und wir sollten uns jetzt verabschieden.
Der Kleine: Noch ne Frage, Chefin. Würden Sie den Herrn Neumann ma fraren, ob wa uns fürn Moment ma in unsan Wagn setzen können, nur ma so?
Die Isenthal hält das zwar nicht für angebracht, aber: Sie haben es gehört, Herr Neumann.
Herr Neumann überlegt lange. Dann: Haben Sie Ihren Schlüssel dabei?
Der Große: Den haben Sie doch!
Herr Neumann: Den zweiten.
Der Kleine faßt in die Tasche und überreicht den Schlüssel Herrn Neumann.
Herr Neumann: Haben Sie noch einen?
Und auch der Große faßt in die Tasche und gibt seinen Schlüssel raus.
Herr Neumann: Bitte!
Der Kleine: Kommen Sie mit?!
Gemeint ist die Isenthal. Sie geht mit. Herr Neumann schließt das Tor zum Hof der Werkstatt und postiert sich vor dem Tor.

Am und im Cadillac

Der Große öffnet der Isenthal den Schlag. Sie setzt sich in die Lederpolster.
Der Kleine: Na, is dit wat?
Der Große: Elektrische Fensterheber, Klima, beheizbare Sitze, und Ihr Sitz, den könntense per Knopfdruck rumdrehen, beim Aussteigen, damit Sie mit Ihrn Abendkleid besser zurechtkommen. Könnten wa Ihn allet vorführn, wenn der Typ sich nich so albern hätte.
Der Kleine: Schließen doch kurz.
Der Große: Meinste, der hat die Batterie drin?
Die Isenthal: Was wollen Sie machen?

Der Kleine: Wenn Sie jetzt nich dabei wärn, Chefin, würden wa losfahn. Egal, wat kommt, bloß fahn.
Der Große: Du hast ja nen janz irren Blick!
Die Isenthal: Schluß, meine Herren. Raus!

Vor Lenas Wohnungstür

Lena läßt Liebling in die Wohnung.
Liebling: Du wohnst nicht schlecht bei dir. Wieviel zahlst du dir denn Miete?
Lena: Deswegen bist du doch nicht gekommen!
Sie läßt ihn in ihren, sagen wir, living room.
Lena: Was kann ich für dich tun?
Liebling: Cognac, wenn du hast?
Lena: Du trinkst wieder?!
Liebling: O ja. Ist einfach herrlich.
Lena gibt ihm Cognac.
Liebling pflanzt sich eine Zigarre ins Gesicht.
Lena: Und du rauchst auch wieder.
Liebling: Entschuldige! Ich hab nicht gefragt!
Lena: Tu, was du nicht lassen kannst. Und wie steht es mit deinem Götterfraß?
Liebling: Auch. Auch herrlich.
Lena: Kann ich dir aber leider nicht mit dienen. Aber ich sehe – unser Problem war, daß ich dir alles weggenommen habe, woran dir was lag.
Liebling: Unser Problem war, daß ich mir alles das habe wegnehmen lassen.
Lena: Dann wärn wir ja wieder bei Null. Abgesehen davon, daß du inzwischen unter die Großväter gegangen bist.
Liebling: Abgesehen davon.
Lena: Und daß du ein sehr guter Großvater sein sollst.
Liebling: Woher weißt du das übrigens?
Lena: Von Axel. Wie du dir denken kannst. Wegen dem bist du doch hier. Ich hab seit Tagen mit dir gerechnet.

Der kleine Privatdetektiv war ja nicht zu übersehen. Ich dachte erst, die suchen wirklich nach Axel – aber so stümperhaft sind sie nun auch wieder nicht.
Liebling: Ich hab ihm nicht gesagt, er soll sich verstecken.
Lena: Und die Bilder?
Liebling: Hat er ohne Auftrag gemacht.
Lena: Zeig mal!
Liebling gibt ihr einen Umschlag mit den Bildern.
Lena: Gar nicht so übel – für die Verhältnisse ... Da sind wir gerade zum Stones-Konzert.
Liebling: Wo hast du ihn? Unter deinem Bett? Ich frag das nur, weil, sie kriechen auch unter Betten, wenn sie kommen.
Lena: Ich sehe zu meinem Vergnügen, daß du womöglich eifersüchtig bist.
Liebling: Du könntest ja fast seine Mutter sein.
Lena: Du könntest ja auch fast mein Vater sein.
Liebling: Der Typ sollte einfach mal daran denken, daß er nicht allein auf der Welt ist und daß er zum Beispiel noch eine wirkliche Mutter hat. Vielleicht rufst *du* ihm das mal ins Gedächtnis. Die waren nämlich inzwischen da und sind sogar unter mein Bett gekrochen!
Lena: Der will da allein durch.
Liebling: Mit dir.
Lena: Was ich tun kann, tu ich. Mein Beitrag zum Klassenkampf.
Liebling: Du kannst ihn dir doch bloß nicht im Bundeswehrlook vorstellen!
Lena: Du etwa?
Liebling: Als heißen Fallschirmjäger! Da schlagen doch die Frauenherzen schneller, noch schneller, bescheuert wie sie sind.
Lena: Ja, ja.
Liebling: Du kannst ihn nicht ewig unter deinem Bett verstecken.
Lena: Weiß ich. Er will zu den Franziskanern.
Liebling: Gute Idee! Sehr gute Idee! Wär ich nicht drauf

gekommen. Ehrenwerter Orden die Franziskaner. Würde ich ihn nicht dran hindern.
Lena ist von dieser Idee offenbar nicht so begeistert.
Liebling erhebt sich.
Liebling: Die Fotos kannst du behalten, wenn du willst. Schöne Erinnerung vielleicht.
Lena folgt ihm zur Tür. An der Tür: Du würdest ihm nicht vielleicht helfen?
Liebling: Wie meinst du das?
Lena: Wenn sie ihn irgendwie kriegen.
Liebling: Auf Fahnenflucht stehen fünf Jahre.
Lena: Leider ist der Junge kerngesund.
Liebling: So viel weißt du.
Lena: Wir waren bei meinem Arzt.
Liebling, schon auf der Treppe: Erst muß er sich mal bei seiner Mutter melden. Dann muß er sich stellen.
Lena: Und dann?
Liebling: Dann sehen wir weiter.
Als Lena wieder ins Zimmer kommt, ist Axel da. Er ist im Bademantel. Offenbar frisch gebadet.
Lena: Das mit den Franziskanern findet er nicht so gut.
Axel: Wieso? Die sind ein sehr ehrenwerter Orden! Die machen auch noch was anderes als beten! Die sind sozial, radikal und ökologisch. Ich lerne Orgel und mach Kirchenmusik.
Lena: Und du lebst wie in einer Kaserne.
Axel: Das halt ich ne Weile aus.
Lena: Auf einmal!
Axel: Die haben starke Kutten. Bis auf die Füße und bloß einen Strick drum.
Lena: Wenn das so einfach wär, gäbs nur noch Franziskaner in deinem Alter!
Axel: Ich kenn genug, die sind geil auf Schießen und die ganze Technik. Solln sie doch die nehmen und anständig bezahlen!
Lena: Und bis dahin bleibst du im Untergrund!
Axel: Franziskaner!

Und da sein Bademantel lang genug ist und auch über Gürtel und Kapuze verfügt, setzt er seinen Charme ein und gibt mit gefalteten Handen einen Franziskaner und bekreuzigt Lena.

Kanzlei. Büro Isenthal

Die Isenthal: Irgendwoher kenn ich Sie doch! Wohnen Sie in der Gegend?
Eine junge Frau sitzt vor ihr, ganz in Schwarz, Haare lila.
Die junge Frau: Nicht so ganz. Schodowickistraße. Aber meistens bin ich im Tacheles. Kennen Sie?
Die Isenthal: Vorne an der Friedrichstraße. Die Ruine. Hab ich Sie da mal gesehen? Und wie sind Sie auf mich gekommen?
Die junge Frau: Durch meinen Freund. Der hat mal in Ihrem Haus gefegt.
Die Isenthal: Bei mir fegen alle selber.
Die junge Frau: Den Schornstein hat er gefegt. Er war Schornsteinfeger. Da hat er noch gelernt.
Die Isenthal: Und jetzt ist er längst Meister.
Die junge Frau: Jetzt ist er bei uns. Wir machen Performenzes. Und so ungewöhnliche Maßnahmen.
Die Isenthal: Verstehe.
Die junge Frau: Wollen Sie sich nicht mit meinem Fall befassen?
Die Isenthal: Wie kommen Sie darauf? – Ich hab Sie bloß schon mal gesehen, ich komm auch noch drauf, wo. Sie haben also wirklich einen Strafantrag wegen Körperverletzung am Hals. Gewalttätig sehen Sie nicht gerade aus.
Die junge Frau: Normalerweise nicht, aber manchmal kann man bei mir nicht wissen, sagt mein Freund auch.
Sie gibt der Isenthal ein Papier.
Die Isenthal, während sie liest: Stört Sies, wenn die Tür offenbleibt?

Sie meint die Tür zum Vorzimmer, zu Senta.
Die junge Frau: Iwo.
Die Isenthal: Es ist nur wegen dem Telefon. Wollen Sie einen Kaffee?
Die junge Frau: Wenn Sie gerade auch wollen?
Die Isenthal beim Eingießen aus ihrer Thermoskanne: Wieso gerade mit einem Aschenbecher?
Die junge Frau: Weil der da stand. Es hätte auch eine Bierflasche oder sonstwas sein können.
Die Isenthal: War der massiv?
Die junge Frau: Der war dick aus Marmor.
Die Isenthal: Haben Sie damit gezielt geworfen?
Die junge Frau: Ich hatte ja das ganze Bier in den Augen und überall. Ich hab mich mehr gewehrt.
Die Isenthal: Der muß doch einen Grund gehabt haben, Ihnen das Bier ins Gesicht zu schütten.
Die junge Frau: Sicher. Er hat mir was gesagt, ich hab ihm was gesagt, dann kam das Bier, dann der Aschenbecher, und dann kam mein Freund, und dann kamen dem seine Freunde, und dann hat jemand gerufen: Haut die Nazischweine zu Brei, und irgendwer anders: Killt die Roten, und dann bin ich unter einen Tisch, und dann kam die Polizei, und wir mußten auf die Wache, und da hat der Typ mich angezeigt, und es hat geheißen, ich hab die Prügelei angezettelt, und Schmerzensgeld soll ich auch zahlen. Ich hab ja nicht geahnt, daß das so ausgeht, sonst wär ich gar nicht hingegangen und hätte nach dem Stuhl gefragt, auf dem der die Beine hatte. Damit hats nämlich angefangen, daß es sehr voll war und wir an unserm Tisch noch nen Stuhl brauchten, für meine Freundin, und der hatte seine Beine auf einem, und ich hab ihn höflich gefragt, ob der noch frei ist und ob ich ihn haben kann.
Die Isenthal: Und den hat er nicht hergeben wollen, und daraufhin haben Sie ihn weggezogen, und dann kam das Bier und dann der Aschenbecher.
Die junge Frau: Sagt der! In Wirklichkeit hat er noch was gesagt, und ich hab den Stuhl gar nicht angefaßt. – Er hat

gesagt, den Stuhl kann ich haben, wenn ich mich ficken lasse.
Die Isenthal: Und Sie?
Senta im Hintergrund wird aufmerksam.
Die junge Frau: Ich hab gesagt, ich laß mich hier von allen ficken, bloß nicht von ihm. Das hab ich natürlich nicht so gemeint.
Senta an ihrem Arbeitsplatz jubelt.
Die Isenthal: Und dann kam das Bier.
Die junge Frau: Voll ins Gesicht. Und da hab ich nach irgendwas gegriffen, und das war eben der Aschenbecher, und in seine Richtung geworfen, ohne zu denken, und der hat ihn dann am Kopf getroffen. Wohl ziemlich voll.
Senta: Schau!
Die Isenthal: Reiß dich zusammen, Senta!
Die junge Frau: Der ist regelrecht zu Boden gegangen, muß ich schon sagen. Die haben ihn auch behandelt. Nasenbein kaputt.
Senta: Schade, daß nich wat janz anderet jebrochen war!
Die Isenthal: Und das alles war ... warten Sie mal, in der Nacht auf den Dreizehnten in der Kollwitzstraße, nachts um halb eins. Jetzt weiß ich auch, woher ich Sie kenne. Sie wurden gerade in den Polizeiwagen geschoben, als ich vorbeikam, und waren klitschnaß.
Die junge Frau: Da kam dann noch mehr Bier, aber mit Glas, von anderen. Ich hab den ganzen nächsten Tag noch gestunken, trotz Dusche.
Senta hebt die Brauen, was die Isenthal sehr wohl sieht.
Die Isenthal: Jetzt kommts auf die Zeugen an.
Die junge Frau: Der ganze Saal war voll.
Die Isenthal: Das ist ja das Schlimme, da finden Sie mal jemand! Der Mann hat seine gebrochene Nase, der braucht keine Zeugen. Außerdem haben Sie noch in derselben Nacht zugegeben, daß Sie es waren.
Die junge Frau: Hätte ich lügen sollen?
Die Isenthal: Haben die bei der Polizei Ihnen nicht gesagt, daß Sie nicht auszusagen brauchen?

Die junge Frau: Iwo. Brauch ich nicht?
Die Isenthal: Nicht, wenn es gegen Sie verwendet werden kann. Aber Sie können immer widerrufen.
Die junge Frau: Ich steh aber dazu.
Senta ballt begeistert die Faust – da wird sie vom Funktelefon gerufen.
Die Isenthal: Haben Ihr Freund und Ihre Freundin und wer sonst noch mit an Ihrem Tisch war den bewußten Wortwechsel hören können?
Die junge Frau: Die warn zu weit weg.
Die Isenthal: Und wer saß mit an dem Tisch von dem Mann mit diesen blendenden Manieren?
Die junge Frau: Seine Bande.
Die Isenthal: Und die haben natürlich nichts gehört?
Die junge Frau: Klar.
Die Isenthal: Und da denken Sie über Lügen nach!
Senta bringt ihr das Telefon.
Senta: Ein Anruf aus dem Untergrund.
Die Isenthal lauscht – und strahlt und atmet auf.
Die Isenthal: Schön von dir zu hören ... Wo bist du? ... Na, das ist ja schon was ... Ich dachte vielleicht Ausland ... du traust dich was! Ich bin deine Mutter, falls dir das was sagt! ... Wovon lebst du eigentlich? ... Und was ist mit deiner Wäsche?
Offenbar hat Axel aufgelegt.
Die Isenthal: Ich glaub, der denkt wirklich, hier wird abgehört.
Senta: Der Anruf kam aus der Stadt.
Die Isenthal: Ehrlich?
Senta: Garantiert.
Die Isenthal, wieder zurück zu der jungen Frau: Sie sind natürlich ohne Job.
Die junge Frau: Ja, erst mal. Sozialhilfe reicht ja, erst mal.
Die Isenthal: Wir brauchen Zeugen! Haben wir die, wirds unter Umständen ein kurzes Verfahren. Das minimiert dann die Kosten.
Die junge Frau: Und was ist mit dem Schmerzensgeld?

Die Isenthal: Das wird erst mal abgetrennt, das ist Privatrecht.
Senta: Wir lassen eine Annonce los: Zeugen gesucht für die tätlichen Auseinandersetzungen zwischen Bewohnern der ehemaligen Hauptstadt der DDR und mehreren glatzköpfigen Arschlöchern aus dem Westteil der Stadt am soundsovielten in der Kneipe soundso.
Die Isenthal: Bis auf das fäkalische Wort nicht so schlecht. Paar Personalien finden wir ja vielleicht auch bei der Polizei.
Die junge Frau: Weiß ich nicht mal, ob die ausm Westen waren. Genau die Sorte unterscheidet man nämlich nicht.

Kanzlei. Büro Liebling

Liebling: Da hätt ich einen Tip. Können Sie sich noch an den Jahn erinnern, den mit der roten Fee?
Die Isenthal: Den kleinen Polizisten?
Liebling: Polizei ist kein Thema mehr für ihn. Aber der ist ganz findig geworden. Der findet Ihnen die Zeugen, für Spesen und die Stunde fünfundzwanzig.
Die Isenthal: Gucke an! Hat er schon für Sie was gemacht?
Liebling bestätigt das.
Die Isenthal: Mein Sohn hat übrigens von sich hören lassen. Er ist hier in der Stadt, meint Senta.
Liebling hebt nur die Brauen.
Die Isenthal: Er lebt von Gelegenheitsjobs.
Liebling: Und sonst? Was hat er vor?
Die Isenthal: Hat er nicht gesagt. Aber jemand muß ihm gesagt haben, daß die Polizei hier war. Es muß also eine undichte Stelle geben bei uns.
Liebling: Barbara. Sie haben ihr doch gesagt, sie soll ihren Bruder warnen, wenn sie ihn sieht.
Die Isenthal: Barbara wär sofort zu mir gekommen!

Liebling: Sind Sie immer gleich zu Ihrer Mutter gekommen?
Die Isenthal: Das ist etwas anderes.
Liebling: Mütter lernen offenbar nie aus! Was würden Sie eigentlich machen, wenn Sie wüßten, wo er sich aufhält?
Die Isenthal: Na, hin!
Liebling: In jedem Fall?
Die Isenthal: Glauben denn Sie jetzt auch, daß wir beobachtet werden!?
Liebling: An sich nicht. Wenn allerdings Ihr Mann Feinde hat, ich meine politische, und welcher Politiker hat keine, dann wär ich nicht so ganz sicher. Sind wir nicht vor Wahlen? – Der Sohn des und so weiter entzieht sich seiner staatsbürgerlichen Pflicht!
Die Isenthal: Das bringt doch eher Stimmen!
Liebling: Das kommt noch sehr drauf an, ma chère Issy! – Wenn er mal wieder am Apparat ist: Ich hab einen Tip für ihn. Er soll zu den Franziskanern gehen, als Laienbruder, wenn er es wirklich ernst meint.
Die Isenthal: Das meinen Sie nicht ernst, mon cher Robert.
Liebling: Doch. Ziemlich.
Die Isenthal: Mein schöner Sohn im Kloster?
Liebling: Das würde Furore machen, und *das* darf dann auch in der Presse stehn. Hörn Sie sich das mal an: Der Sohn des Abgeordneten und so weiter geht aus Überzeugung ins Kloster.
Die Isenthal: Axel war sein Leben nicht in einer Kirche, es sei denn wegen Musik und wegen Politik.
Liebling: Das ist doch schon mal was. Das würde mir als Franziskanerpater schon mal gefallen, und wenn ich dann noch Nachwuchssorgen hab, und die hab ich bestimmt, dann würde ich nicht viel fragen.
Die Isenthal: Sowas kommt in Seifenopern vor, aber nicht im Leben.
Liebling: Unterschätzen Sie nicht das Leben!

Restaurant Pantera rosa. Liebknechtstraße

Kühle, weiße Atmosphäre. Nagelneues Interieur. Originelle, lockere, eher familiäre Kellner, die mit ihrem italienischen Akzent kokettieren.
Die Isenthal und der bewußte Richter aus dem Autofall.
Der Richter: Warum gerade dieser nagelneue rosa Panther? Nicht gerade besonders kuschlig hier.
In dem Moment kommt Angelo mit der Speisekarte und zündet eine Kerze an.
Die Isenthal: Sie haben mir freie Hand gelassen.
Der Richter: Ja natürlich! Doch nicht wegen der Preise?!
Er schlägt in der Speisekarte nach.
Der Richter: Nein. Das kommt dann wohl doch nicht in Frage.
Angelo: Unsere Preise entsprechen unseren Leistungen, Sie werden sehen, Signore. Eine Aperitif, Signora? Un grappino?
Die Isenthal: Gern.
Angelo: Signore?
Der Richter akzeptiert.
Der Richter: Ich hätte mehr auf Stammkneipe getippt. Oder Zenner in Treptow. Aber ich hätte mich auch mit Ihnen an einen Dönerstand gestellt.
Die Isenthal: Zenner ist zu, und Stammkneipe hab ich nicht. Ich bin erst dabei, mich zu emanzipieren. Und Döner hab ich mittlerweile über. Nein, es geht mehr um eine Verwechselung. Als die hier aufmachten, hab ich mit meinem bißchen Italienisch gedacht: Pantera rosa? Das heißt doch rote Fahne. Und das fand ich interessant.
Der Richter: Pantera rosa – Bandiera rossa. Naheliegend. Aber was ist daran interessant? Wegen der ersten Zeile? Avanti popolo?
Die Isenthal: So ungefähr. Hier, direkt davor, haben wir am vierten November gestanden und gebrüllt: Stasi in die Produktion – ohne Arbeit keinen Lohn. Und: Vorschlag für den ersten Mai, die Führung zieht am Volk vorbei! –

Mein Mann. Meine Kinder. – Zu dem einen ist es nicht gekommen, weil kaum noch Produktion da ist, und zu dem andern auch nicht.
Der Richter: Weil keine Führung mehr da war.
Die Isenthal: Und kein Volk. Dafür: Rosa Panther.
Der Richter: Bedauern Sies?
Die Isenthal: Nicht mehr. Der Tag, der Vierte, ist es wert gewesen. Wünsche ich jedem.
Der Richter: Ja, ich kenn das.
Die Isenthal lächelt skeptisch.
Der Richter: Sehn Sie mich mal an! Wo, denken Sie, bin ich achtundsechzig gewesen? Im Hörsaal oder auf der Straße?
Die Isenthal: Im Hörsaal.
Der Richter: Das ist eben der Irrtum!
Die Isenthal: Entschuldigung.
Der Richter: Angenommen. Wenn Sie mich gefragt hätten, wo Sie am Vierten gewesen sind, hätte ich nämlich auch nicht getippt, auf der Straße.
Die Isenthal: Und dann? Der Marsch durch die Institutionen?
Der Richter: Marsch? – Marathon! Aber jetzt bin ich da, wo ich hinwollte!
Er hebt die Hand. Angelo ist zur Stelle.
Der Richter: Haben Sie Seeteufel?
Angelo: Natürlich, Signore. Frischen Seeteufel! Nicht aus der Truhe! Direkt für Sie eingeflogen! Sie werden sehn, Signora.
Der Richter: Und zwar ohne alles, keine Beilagen, nur der gegrillte Teufel und Brot, per favore! Und Wein, trocken, aber keinen von der Karte hier. Den Sie selber trinken.
Angelo: Alles wie Sie befehlen, Dottore. Prego!
Der Richter: Der Teufel wird aus der Truhe sein, und den Wein tut er aus der Flasche in die Karaffe – aber die Show ist perfekt. Kann man nicht meckern. – Und jetzt machen wir mal ein bißchen Dienst.
Die Isenthal: Bitte?

Der Richter: Sie haben doch den Aschenbecherfall. Körperverletzung, und zwar schwere.
Die Isenthal: Ich dachte, es sollte mehr um, tja, was anderes gehen?
Der Richter: Kommt auch noch. – Raten Sie, welche Kammer den Fall hat? Meine.
Die Isenthal: Das wußte ich.
Der Richter: Gut. Was machen wir? Der Aschenbecher war leider verdammt schwer, der hier dagegen ist ein Spielzeug. Voller, echter Marmor, fast ein Kilo. Befindet sich bei den Asservaten. Dieses Arschloch hat Glück gehabt, daß ihm Ihre Mandantin damit nicht auch den halben idiotischen Schädel eingeschlagen hat, sondern bloß sein Riechorgan.
Die Isenthal: Geworfen!
Der Richter: Gut. Aber Sie wissen, daß dies ein Fall von Notwehrexzeß ist. Das Mädel hat einfach Pech gehabt, daß da kein leichterer Aschenbecher war!
Die Isenthal: Sie steht dazu.
Der Richter: Bravo.
Die Isenthal: Außerdem: Stellen Sie sich mal vor, Sie stehen da, Bier in den Augen und überall! Suchen Sie da nach einem leichteren Aschenbecher?
Sie macht ihm vor, wie sie sich die Situation vorstellt, und dabei fliegt dann auch ein Aschenbecher durch die Luft – aufgefangen von Angelo.
Aufsehen im Saal.
Angelo: Bravo, Signora. Bravissimo! Natürlich rauchen Sie nicht! Wie konnte mir das passieren! Scusi!
Der Richter: Das wird meine Kammer natürlich würdigen. Ich möchte Sie bitten, diese Szene bei der Verhandlung genauso vorzuspielen.
Die Isenthal: Im Ernst?
Der Richter: In vollem Ernst! Was ist mit Zeugen?
Die Isenthal: War nicht einfach, aber wir haben eine ganze Handvoll, und die werden alle aussagen, daß es so gewesen ist, wie meine Mandantin es darstellt.

Der Richter: Das Arschloch hat genausoviel Zeugen, die genau das Gegenteil sagen. Seine ganze Bande.
Die Isenthal: Dann lassen Sie sie vereidigen.
Der Richter: Worauf Sie sich verlassen können.
Die Isenthal: Ich, an Stelle des Staatsanwalts, würde Sie wegen Befangenheit ablehnen.
Der Richter: Ich an seiner Stelle auch. Aber mit dem geh ich ja auch nicht essen! – Was wollen Sie haben?
Die Isenthal: Freispruch natürlich.
Der Richter: Am liebsten gleich für den nächsten Glatzenschädel mit, den sie einschlägt. Haben Sie den Typ schon mal gesehen?
Die Isenthal: Ich glaube ja. In der Nacht, vor der Kneipe?
Der Richter: Waren Sie denn Zeuge?
Die Isenthal: Nicht ganz, beinah!
Der Richter: Sie werden ja noch das Vergnügen haben. – Wie steht Ihre Mandantin da, sozial? Ohne Job?
Die Isenthal bestätigt das.
Der Richter: Dann kriegt sie dreißig Tagessätze, die kann sie dann abstottern.
Die Isenthal: Geh ich in Berufung!
Der Richter: Und wer kriegt dann den Fall?!
Die Isenthal: Dieser Mensch will doch außerdem Schmerzensgeld. Zehntausend für seine Nase. Und die kriegt er, wenn Sie verurteilen!
Der Richter: Nie zehntausend, weil er ja doch irgendwie provoziert hat.
Die Isenthal: Irgendwie!
Der Richter: Die Hälfte, und die kriegt er de facto nicht, denn mehr als zweitausend wird die Sozialhilfe doch nicht ausmachen.
Die Isenthal: Aber die fünftausend verjähren erst in dreißig Jahren!
Der Richter: Sprech ich sie frei, geht der Staatsanwalt in Berufung.
Die Isenthal: Vielleicht auch nicht.

Der Richter: Das Risiko wollen Sie eingehen? Wissen Sie, an welche Kammer das dann geht?
Die Isenthal: Gehn wir wieder in Berufung.
Der Richter: Das macht Ihre Mandantin mit?
Die Isenthal: Denke schon.
Der Richter: Und Sie gehn bankrott.
Die Isenthal: Es ist nicht das erste Mal, daß ich mich nach den alten Zuständen zurücksehne. Da wär das Arschloch, wie Sie sagen, längst weg vom Fenster. Für mindestens anderthalb Jahre.
Der Richter: Und was wär dadurch besser?
Die Isenthal: Immerhin achtzehn Monate unschädlich! Und fünftausend. Aber Buße.
Der Richter: Und dann?
Die Isenthal: Und so?
Angelo kommt.
Angelo: Signora! Signore! Der Seeteufel, frisch für Sie eingeflogen. Der Wein, aus meinem persönlichen Vorrat, und das Wasser, prego!
Der Richter kostet den Wein.
Die Isenthal hebt ihr Glas: Auf den Rechtsstaat!

Gericht. Kantine

Liebling bei Akten und bei Bier. Der Raum ist weitgehend leer – und doch setzt sich der nächste Gast an Lieblings Tisch.
Zuvor fragt er: Stört es Sie sehr, wenn ich mich zu Ihnen setze?
Ein Mann mittleren Alters, eindeutig Justizer.
Liebling sieht hoch, betrachtet den Mann.
Liebling: Ich versteh nicht ganz, Herr Kollege …
Der Mann stellt sich vor: Kranz, Staatsanwalt.
Liebling: Es stört mich – aber nicht sehr.
Kranz: Das nächste Bier geht dann auf meine Rechnung.
Liebling: Liebling.

Kranz: Ich weiß.
Er setzt sich.
Liebling: Ich bin Anwalt.
Kranz: Deswegen ja.
Liebling: Also ich seh das jetzt richtig: Sie sind Staatsanwalt, und Sie setzen sich zu einem Anwalt an den Tisch und spendieren ihm ein Bier? Läuft die Welt jetzt linksrum?
Kranz: Schließlich sind wir beide Anwälte, irgendwo.
Liebling: So hab ich das noch nie gesehen! Irgendwo bin ich geneigt, mir Ihren Dienstausweis zeigen zu lassen.
Kranz greift in die Jacke und legt tatsächlich seinen Ausweis vor Liebling auf den Tisch.
Liebling: Ich hab Sie hier noch nie gesehen, und wie ein Greenhorn sehn Sie nicht gerade aus.
Kranz: Bin gerade erst hierher versetzt, aus Paderborn. Abteilung Regierungskriminalität.
Liebling: Welcher Regierung?
Kranz lacht.
Liebling: Sie lachen! Nennen Sie mir die Regierung in der Welt, in Europa, die nicht kriminell ist, und sagen Sie jetzt nicht: Bonn!
Kranz: Was erwarten Sie von mir?!
Liebling: Die Wahrheit und nichts als die Wahrheit.
Kranz: Mir fällt irgendwo keine ein.
Liebling: Das sagen Sie jetzt, weil Sie was von mir wollen!
Kranz: So hat man Sie mir geschildert.
Liebling: In Paderborn.
Kranz: Hier.
Liebling: Moment! Sie setzen sich nicht nur zu mir an den Tisch, sondern Sie haben offenbar auch gefragt, zu wem Sie sich an den Tisch setzen sollen. Das heißt, die ganze Sache hat den Segen von oben?!
Kranz: Erraten.
Liebling: Spätestens jetzt wirds spannend. Vermutlich hat man Ihnen auch gesagt, daß ich um die Zeit in der Kantine sitze und mein Bier trinke.

Kranz: Ich kanns nicht leugnen. Aber eigentlich geht es darum, daß Sie als Anwalt freiwillig in den Busch, also in den Osten gegangen sind.
Liebling: Und zwar ohne Buschzulage. Solln Sie mir einen Orden verleihen?
Kranz: Zunächst geht es nur um eine Frage: Würden Sie jemand verteidigen, der bei der Kripo gewesen ist?
Liebling: Gegenfrage: Würden Sie jemand anklagen, der bei der Kripo gewesen ist?
Kranz: Sicher, wenn es einen Straftatbestand gibt.
Liebling: Dann würde ich ihn auch verteidigen, vorausgesetzt, er hat noch nichts gestanden.
Kranz: Hat er nicht. – Er war bei der DDR-Kripo. Nicht Stasi. Das haben wir überprüft. Jetzt ist er bei uns, bei der Regierungskriminalität.
Liebling: Da fällt mir der Satz mit den Krähen und den Augen ein.
Kranz grinst unfroh.
Kranz: Der Mann ist ein Profi, und er kennt sich im Osten aus, und wir können nicht auf einen einzigen Mann verzichten, wenns nicht unbedingt sein muß, wie Sie vielleicht wissen, schon gar nicht auf so einen.
Liebling: Soll ich Ihnen mal was sagen? Aber fallen Sie jetzt nicht vom Stuhl. Ich würde auch jemand vom Verfassungsschutz verteidigen.
Kranz sofort: Sie wollen doch nicht die Stasi mit dem Verfassungsschutz vergleichen?
Liebling: Erstens kann man alles mit allem vergleichen, sogar Äppel mit Birnen, und zweitens: Alle machens, und immer schneidet die Stasi besser ab, nebenbei.
Kranz: Weil sich der Einsatz gewisser Mittel für demokratische Verfassungsorgane verbietet.
Liebling: Sie wissen genauso wie ich, daß sich die Mittel dieser Organe auf der ganzen Welt gleichen!
Kranz: Der Unterschied liegt in der Motivation.
Liebling: Mit anderen Worten: Der Zweck heiligt die Mittel. Kommt mir sehr bekannt vor.

Kranz: Das ist also Ihr letztes Wort.
Liebling: Zu diesem Thema ja. Und falls damit das andere nicht auch erledigt ist: Was hat er denn nun verbrochen, Ihr Mann von drüben?
Kranz: Er soll in seinen Verhörmethoden nicht ganz wählerisch gewesen sein.
Liebling: Folter?!
Kranz: Folter nicht. Aber er soll sehr lange verhört haben, geschrieen dabei, mal geflüstert. Gedroht. Kein Essen, kein Trinken, hat allerdings selber nicht getrunken, nicht gegessen.
Liebling: Darüber regen Sie sich auf? Wieviel Prozent der Polizisten im Westen wollen Sie dann da anklagen? Achtzig? Neunzig?
Kranz: Wo kein Kläger ist, da ist kein Richter.
Liebling: Und wer klagt nun hier?
Kranz: Einer, den er mal verhört hat. Vom Zoll.
Liebling: Ach, nee!
Kranz gibt ihm einen Aktendeckel.
Liebling: Was ist das.
Kranz: Alles, was wir an Akten haben.
Liebling: Dünn!
Kranz: Sie sagen es.
Kranz sieht sich um. Da ist inzwischen nicht weit von Ihnen ein Mitvierziger beim Bier. Auf den Blick von Kranz kommt der Mann an den Tisch.
Liebling: Und wer ist das?
Kranz: Das wäre dann Ihr Mandant.
Der Mann stellt sich vor: Klemmig.
Liebling erwidert. Er betrachtet sich den Mann. Der ist spack, eher klein, sieht nicht sehr gesund aus.
Liebling: Und Sie wollen jemand zwölf Stunden verhört haben, ohne Pause? Verzeihung: sollen!
Klemmig: Fünfzehn Minuten lang hab ich den Mann befragt, mehr Zeit war gar nicht. Da warn ja noch andere zu befragen, denen wirklich was zu beweisen war. Dem hier, dem Kohl, war ja nichts zu beweisen. Entweder seine

Leute haben ihn gedeckt bis zum Gehtnichtmehr, oder er war wirklich ahnungslos. Nur die Pornohefte hat er gehabt, in seinem Dienstzimmer allerdings. Die hätte er vernichten müssen, aber was solls.
Liebling: Deswegen gleich mit der Stasi drohen?
Klemmig: Auch Unsinn! Die Stasi war ein Ermittlungsorgan, unter anderem, wie wir als Kripo. Da gabs öfter Überschneidungen. Aber doch nicht wegen Sexheftchen! Dafür gingen die nicht vor die Tür! Wenns SPIEGEL gewesen wär oder was weiß ich, ZEIT, dann schon. Und das wußte jeder, auch Kohl.
Liebling: Warn Sie da eingesetzt, weil Sie von der Sitte waren?
Klemmig: Ich war da eingesetzt, weil ich laut Plan dran war. Das war üblich, daß aus allen Abteilungen welche abkommandiert wurden, wenn bei anderen Not am Mann war. Und Essensentzug – auch falsch oder vielmehr: Essensentzug schon, aber bei mir. Der Befehl kam zu Feierabend, und die Stullen, die mir meine Frau mitgibt, warn längst weg an dem Tag. Und denken Sie bloß nicht, die beim Zoll hatten die Kantine noch offen. Als ich Mitternacht zu Hause war, hat mir der Schädel gebrummt, wie immer, wenn ich nicht alle zwei Stunden was in den Magen kriege.
Liebling: Verhört worden soll aber bis zum Morgen sein.
Klemmig: Ich war gegen zwölf zu Hause, bis dahin hatten alle alles zugegeben, bis auf Kohl. Und Verhör ist sowieso Quatsch. Das waren erst die Befragungen. Laut DDR-Recht waren da Anwälte nicht zugelassen, das zum Thema Aufklären über Rechte.
Liebling: Wenn sich das bestätigen läßt, sieht es schlecht aus für Ihren Zeugen Kohl, Herr Staatsanwalt. Dann ist das nämlich keiner mehr.
Kranz: Ja, wenn!
Liebling: Dann unterschreiben Sie mir das mal bitte.
Er schiebt Klemmig eine Vollmacht über den Tisch, die er aus seiner Aktentasche holt.

Klemmig unterschreibt erfreut.
Kranz: Ich an Ihrer Stelle würde Herrn Liebling jetzt zu einer Götterspeise einladen.
Liebling: Sie sind ja wirklich bestens informiert worden über mich, Herr Kranz.

Küche der Isenthal

Die Isenthal, Barbara und Senta beim selbstgekochten Mittagessen.
Liebling kommt, mit einer Akte in der Hand.
Liebling: Mahlzeit!
Die drei antworten.
Liebling: Was war eigentlich ein Parteidokument?
Die Isenthal: Ein Parteibuch.
Liebling: Und eine oder ein PO?
Die Isenthal: Eine Parteiorganisation.
Liebling: Dann war also ein PO-Sekretär ein Parteiorganisationsekretär?
Die Isenthal: Parteisekretär.
Liebling: Zuführungspunkt?
Die Isenthal: Gabs in jedem Stadtbezirk. Jeder, der gegriffen wurde, kam erstmal dahin.
Liebling: Sowas wie ne PAK.
Die Isenthal: Was ist eine PAK?
Liebling: Sowas wie ein Zuführungspunkt.
Die Isenthal: Und da heißt es immer, es gab keine Gemeinsamkeiten. – Keinen Appetit?
Liebling: Worum handelt es sich denn?
Barbara: Speckkartoffeln mit Pflaumen.
Liebling: Wo ist der Speck?
Barbara: In den Kartoffeln. Immer einen Löffel Kartoffeln, einen Löffel Pflaumen, einen Löffel Kartoffeln, einen Löffel Pflaumen. OK? Schmeckt aber nicht jedem.
Liebling: Ist wohl sehr gesund?
Senta: Bis auf den Speck.

Liebling ist skeptisch, läßt sich aber nieder. Senta tut ihm auf.
Liebling: Erst Speckkartoffeln oder erst Pflaumen?
Barbara: Kannst du halten wie Pastor Nolte.
Die Isenthal: Schreiben Sie jetzt ein deutsch-deutsches Wörterbuch für den Dienstgebrauch?
Während sie beobachtet, wie ihm die Mahlzeit schmeckt.
Liebling: Könnte vielleicht nicht schaden.
Die Isenthal: Dann nehmen Sie unter A auf: Vollmilchbeabschmächtigter.
Barbara kichert schon.
Liebling: Wieso unter A?
Barbara: Abschnittsbevollmächtigter! Stammt von mir.
Liebling: Und was war ein Abschnittsbevollmächtigter? Schnitt der den Leuten was ab?
Senta: Wahrscheinlich dit Wort, wenn se wat saren wollten, wie drüben die Kobbs.
Liebling: Verstehe. So kommt eine Gemeinsamkeit zur anderen. – Woher ist das Rezept?
Die Isenthal: Kochen Sie denn?
Senta: Wie ein Weltmeister!
Die Isenthal: Aus Schlesien.
Liebling: Was haben denn Sie mit Schlesien am Hut?
Die Isenthal: Meine Großmutter väterlicherseits. Sieht man mir das nicht an?
Liebling: Manche Sachen bei Ihnen kommen mir schon schlesisch vor.
Die Isenthal: Da haben wirs doch schon.
Barbara: Oma Ernestine. Sie ist hundertundein Jahr geworden.
Liebling: Da hast du ja die besten Aussichten, das Jahr 2100 zu erleben, mit nem bißchen Glück. Sag uns dann mal Bescheid, ob die Welt noch steht, einundzwanzigtausend.
Barbara: Die Welt schon, bloß die Erde nicht mehr, sagt unser Mathelehrer.
Die Isenthal: Möchte jemand der Anwesenden Einspruch erheben?

Keiner erhebt Einspruch.
Die Isenthal: Dann können wir ja zur Tagesordnung übergehen. Dessert?
Sie greift in den Kühlschrank. Liebling bietet sie Götterspeise an, grüne, und der stimmt auch zu.
Barbara: Waldmeister ist krebserregend, sagt unser Biolehrer.
Liebling: Ja, echter! Der hier ist bloß naturidentisch. – Ist zu Ihnen schon mal die Staatsanwaltschaft gekommen, und Sie sollten einen von denen verteidigen? Wissen Sie, was das für ein Gefühl ist?
Die Isenthal: Ich weiß bloß, wies ist, wenn man mit einem Richter zu Abend ißt.
Liebling: Wie Speckkartoffeln mit Pflaumen. Ehrlich.
Die Isenthal: Sollen Sie einen Staatsanwalt verteidigen?
Liebling: Bulle. Kripo. Sehr brauchbarer Mann. Jetzt für die Regierungskriminellen im Osten.
Barbara: Die soll man alle aufhängen, sagt mein Direktor.
Senta: Typisch! Und die im Westen?
Liebling: Eigentlich wär das mehr ein Fall für Sie. Ich versteh nur die Hälfte.
Die Isenthal: Wer zeigt denn an?
Liebling: Ein Mann vom Zoll.
Die Isenthal: Und der war Parteisekretär?
Liebling: Sagt er, und außerdem für Glasnost und Perestroika und eigentlich immer dagegen, kommt mir schon mal komisch vor.
Die Isenthal: Es gab vieles, darunter auch solche Komiker. Stellenweise waren die sogar sehr verbreitet.
Liebling: Auch beim Zoll?
Die Isenthal: Das wohl weniger.
Liebling: Was sagt denn dein Sportlehrer dazu?
Barbara: Mein Sportlehrer ist ganz still geworden. Aber meine Deutschlehrerin sagt: Das sind die Schlimmsten, die schon immer dagegen gewesen sind, wie Herr Tippenkötter.

Liebling: Wer ist denn Herr Tippenkötter?
Barbara: Der Direktor.
Die Isenthal: Und weiter?
Liebling: Und deswegen haben seine Chefs eine Anklage gegen ihn konstruiert, um ihn fertigzumachen, sagt er, und mein Mann soll mit unlauteren Methoden versucht haben, ein Geständnis zu erpressen. Anbrüllen. Essensentzug. Falsche Versprechungen. Und Drohen mit der Stasi, als er nichts zugegeben hat. Hat auch dann nichts zugegeben. Trotzdem ist er degradiert worden.
Barbara: Beim Zoll haben sie nicht gestohlen.
Liebling: Sagt das dein Chemielehrer? Zollmenschen sind Menschen wie alle andern auch und machen genau denselben Mist. Außer Anwälte.
Senta: Wennse mir fragen: Ick würde die Finger davon lassen. Sie stehn glatt auf der falschen Seite.
Liebling: Kann doch aber auch sein, es gibt hier zwei falsche Seiten. Dieser Zolltyp könnte ja auch alte Rechnungen begleichen wollen, zum Beispiel. Er wär nicht der einzige. Und vielleicht sagt dir deine Berufserfahrung auch, daß man als Anwalt gar nicht drum rumkommt, immer mal wieder auf der falschen Seite zu stehen. Und außerdem hat auch ein Massenmörder ein Recht auf Verteidigung, oder nicht?
Senta: Massenmörder sind meistens krank.
Die Isenthal: Ich würde es nicht machen.
Liebling: Sie sind ja auch der gute Mensch von Prenzlauer Berg.
Die Isenthal: Danke.
Liebling: Gibt da nämlich noch was: Man hätte bei den Staatsanwälten was gut, ausnahmsweise mal, und die Gelegenheit kommt mit tödlicher Sicherheit, wo das zu Buche schlägt.
Senta: Also dit überzeucht mir nu wieda.
Liebling: Jetzt kommts auf dich an, Barbara.
Barbara denkt nach. Dann: Ich bin dagegen.

Liebling: Na, schön. Dann recherchieren wir erst mal. Was macht denn Jahn? Buchen Sie den noch aus?
Die Isenthal: Jahn hat mir eine Handvoll Zeugen gebracht, die alle für meine Frau mit dem Aschenbecher aussagen. Jetzt kommts auf den Richter an. Ich plädiere auf Notwehr.
Liebling: Welche Kammer haben Sie denn?
Die Isenthal lächelt still.
Liebling: Jetzt werd ich Ihnen mal was sagen: Wer mit einem Richter essen geht, der hat überhaupt kein Recht, über jemand zu meckern, der mit den Staatsanwälten einen Deal macht.

Parkkneipe

Jahn und Liebling beim Billard. Die Kugeln laufen über den grünen Filz, treffen sich oder verfehlen sich. Darüber der Dialog zwischen Liebling und Jahn.
Jahn: Kohl? Der Name kommt mir bekannt vor, aber ein Gesicht fällt mir dazu nicht ein.
Liebling: Lohmann, Zabel, Krack, Posselt. Das sind die, die geklaut haben sollen.
Jahn: Einen Zabel kenn ich, der war mit mir in Basdorf, bei der BP. – Werner?
Liebling: Werner! Das wär doch schon mal was.
Jahn: Aber Werner Zabel und klauen? Dazu war der eigentlich zu zach. Zum Zoll ist er dann allerdings gegangen.
Liebling: Und Klemmig? Hauptkommissar?
Jahn: Nie gehört.
Liebling: Das ist der, der Kohl verhört hat.
Jahn: Wo soll der gewesen sein?
Liebling: Bei der Sitte oder wie das bei euch hieß.
Jahn: Wieso hat er dann bei Diebstahl verhört?
Liebling: Der war da eingesetzt die Nacht, sollte wohl schnell gehen. Die lieben Genossen sollten wohl schnell

gestehen und dann ab. Außerdem hat er nur befragt und nicht verhört. Das gabs?
Jahn: Das gabs. – Was ist das?
Weil Liebling in der Akte blättert.
Liebling: Das ist Kohls Personalakte.
Er schiebt sie für Jahn über den Billardtisch.
Jahn beschaut die Akte sehr genau.
Liebling: Er sagt, er war sowas wie ein Dissident in Uniform. Widerständler beim Zoll, mit unbequemen Fragen, Kritik an der Staatspolitik.
Jahn: Kann aber was nicht stimmen. Dann müßte hier was drinstehn davon. Politisch unklar. Diskutiert falsch. Kein Vorbild für die Genossen oder so.
Liebling lauscht.
Jahn: Herbst neunzig und auch noch danach kriegte jeder DDR-Bürger, der wollte, auch wer nicht wollte, seine Personalakte ausgehändigt.
Liebling: Herbst neunzig?
Jahn: Wiedervereinigung! Anschluß! Übernahme! Beitritt! Je nach Partei.
Liebling: Ah, ja!
Jahn: Du konntest dir die Akte nehmen und damit machen, was du wolltest. Zum Beispiel Blätter rausnehmen. Zum Beispiel für hinterlistige Zwecke.
Liebling: Ach, nee!
Jahn: Aber wer nimmt denn neunzig noch was raus, wo draufsteht, daß er oppositionell war?
Liebling: Fällt außerdem auf. Sowas ist normalerweise numeriert. Fehlen bei Kohl Seiten?
Jahn: Sieht nicht so aus.
Liebling: Mal graues Papier, mal grünes.
Jahn: Es gab nicht immer graues. Aber die Seitenzahlen stimmen. Bloß: Der war fünfzehn Jahre dabei, und trotzdem nur sechs Seiten.
Liebling: Daraus kann man ihm keinen Strick drehen. Was könnte der sonst für Motive haben, den Klemmig anzuzeigen?

Jahn: Könnte mir vorstellen, er ist nicht übernommen worden, und jetzt rächt er sich.
Liebling: Ist übernommen.
Jahn: Dann will er sich profilieren und die Leiter hoch, wenns geht.
Liebling: Machen Sies?
Jahn: Vielleicht, wenn Sie mich mal gewinnen lassen.
Liebling: Ich geb Ihnen zwanzig Punkte vor! – Ich will nur wissen, ob von denen, die damals verurteilt worden sind, einer vielleicht neu aussagen würde über die Sache. Und ob es sonst noch Zeugen oder Akten gibt.
Jahn: Weil Sies sind. Aber die Chancen stehn schlecht. Da ist Gras drüber, und wer läßt da schon gern ein Kamel ran.

Oranienburger Straße

Aus der Straßenbahn steigt Jahn. Fast gibt es eine Kollision mit einem Radfahrer, der die Haltestelle passiert, ohne auf das Signal der Bahn zu warten.
Jahn: Hören Sie, Bürger, auch als Radfahrer gilt, daß ...
Jetzt erst erkennt er Liebling.
Liebling: Sie waren wohl mal Bulle, Bürger?
Jahn: Früher hätte ich Sie zum Verkehrsunterricht bestellt. Sonntagvormittag!
Liebling: Früher wär ich nicht Rad gefahren, und schon gar nicht im Osten.
Jahn: Früher hätte ich nicht den Privatdetektiv gespielt, und schon gar nicht für einen Westanwalt.
Liebling: Früher hätte ich keinen Privatdetektiv engagiert, und schon gar keinen Ostbullen. Was gibts denn Neues?
Jahn: Zwei Nachrichten.
Liebling: Erst die gute.
Jahn: Es sind zwei schlechte.
Liebling: Dann erst die bessere.
Jahn: Ich hab die Adresse von dem Mann, der Kohls Kon-

trolloffi beim Zoll war. Und der die ganze Untersuchung damals geleitet hat. Der wohnt jetzt in seiner Laube in Heinersdorf. Ist mit Krach aus dem Zoll raus. Er wollte nicht auf die FdgO schwören. Dazu ist er zu alt, hat er gesagt. Und er steht zu allem, was er gemacht hat. Diese Sorte. SPIEGEL und BILD würde er heute noch nicht ins Land lassen: Daran gehn wir noch mal zugrunde.
Liebling: Das hört sich doch gar nicht weiter schlecht an.
Jahn: Ja, aber er soll keinen mehr an sich ran lassen.
Liebling: Und die andere schlechte Nachricht?
Jahn: Die andern, die Verurteilten, sagen kein Wort. Die sind auf Bewährung frei, und das wars.
Liebling: Wo ist Heinersdorf?
Jahn: Zwanzig Kilometer nordöstlich.
Liebling: Finden Sie dahin?
Jahn: Mit der Straßenbahn vielleicht.
Liebling: Welche Linie?
Jahn: 71 vielleicht?
Liebling: Die seh ich hier manchmal. An ungeraden Tagen.
Eine Bahn kommt. Die 71.
Jahn: Was für einen Tag haben wir heute?
Er ist schon am Einsteigen. Aber Liebling müßte erst noch sein Rad anschließen. Die Bahn klingelt ab.
Liebling: Ich komm nach!
Jahn steigt ein. Die Bahn fährt an. Liebling radelt los.

An der nächsten Haltestelle

Hier ist Zeit genug für Liebling, sein Rad anzuschließen und ohne Eile in die Bahn einzusteigen, als sie laut und schwankend ankommt. Baujahr 1962.

Endhaltestelle Heinersdorf

Die Gegend sieht dörflich aus. Am Horizont Betonburgen. Im Vordergrund Ödflächen.
Liebling steigt ächzend aus der Bahn. Er massiert seinen Hintern und versucht, etwas für sein Gehör zu tun.
Jahn: Rotkäppchenweg acht.
Liebling: Ha?! – Eins sag ich Ihnen: Das mach ich nicht noch mal mit! Zurück Taxi oder Hubschrauber oder was weiß ich. Notfalls per pedes. Aber das nicht noch mal! Wo soll der jetzt wohnen?
Jahn: Rotkäppchenweg.
Liebling: Und wie hieß er?
Jahn: Wolf.
Liebling: Wolf. Rotkäppchenweg. Das haben Sie sich ausgedacht.

Laubenkolonie Märchenland

Am Eingang schwarze Fahnen und Spruchbänder: Berlins grüne Lungen dürfen nicht sterben. Laubenpieper gegen Grundstückshaie. Besser Salat als Senat.
Liebling: Wenn jemand fragt – Sie sind Rotkäppchen und ich bin die Großmutter, und wir bringen Kuchen und Wein für den armen alten Wolf.
Aber das Eingangstor ist verschlossen.
Jahn: Die haben sich schätzungsweise eingeigelt.

Laubenkolonie Märchenland

Jahn und Liebling haben die Kolonie jeder in einer Richtung umgangen. Da, wo das letzte Grundstück an einen Friedhof grenzt, treffen sie wieder zusammen.
Liebling: Jetzt können wir uns entscheiden zwischen einfachem Hausfriedensbruch und Hausfriedhofsbruch.

Jahn: Hier wohnt doch keiner mehr.
Liebling: Sagen Sie.
Ein Blick auf Grundstück und Laube scheinen Jahn aber recht zu geben.
Jahn: Sehn Sie mal kurz weg!
Liebling: Hier gibt es ja noch Kornblumen!
Er bückt sich. Als er sich wieder aufrichtet, fehlen zwei Latten im Zaun. Beide betreten das verwilderte Grundstück. Sie tasten sich vorwärts, Jahn als erster.
Nach ein paar Schritten werden sie von hinten angerufen: Bleiben Sie stehen! Was wollen Sie hier! Ich habe nichts! Ich verkaufe nicht! Das Land gehört dem Verein.
Liebling und Jahn stehen einem bärtigen Sechziger gegenüber. Er trägt einen Spaten wie eine Waffe.
Der Mann: Was Sie hier tun, ist Hausfriedensbruch und Sachbeschädigung. Wir sind auch nicht blöd! Das hagelt eine Anzeige, kann ich Ihnen nur sagen. Wir haben genug davon! Und ich steh nicht allein.
Und er steckt zwei Finger in den Mund und pfeift ein Signal.
Gleichzeitig kommt Hundebellen.
Der Mann ist seiner Sprache nach aus Thüringen.
Liebling: Sie haben völlig recht! Es *ist* Hausfriedensbruch und es *ist* Sachbeschädigung, allerdings in einem besonders leichten Fall und unter besonderen Umständen und wird in so einem Fall mit nicht mehr als einem Bußgeld zugunsten einer gemeinnützigen Organisation bestraft. Was Sie allerdings mit dem Spaten vorhaben ist Notwehrexzeß und wird wie Körperverletzung bestraft, mit bis zu fünf Jahren.
Der Mann: Warum kommen Sie nicht durchs Tor, wie jeder normale Bürger?
Liebling: Erstens sind wir keine normalen Bürger, und zweitens ist das Tor zu, das sind ja eben die besonderen Umstände.
Der Mann: Das Tor ist zu? Sehr schön.
Liebling: Wir konnten daran nichts Schönes finden.

Der Mann: Wer sind Sie denn?!
Liebling: Das ist Rotkäppchen, und ich bin die Großmutter, und wir wollen zu Herrn Wolf.
Gleichzeitig faßt er in die Tasche und hält dem Mann seine Karte hin.
Der Mann: Auch Rechtsanwälte haben hier nichts zu suchen.
Liebling: Doch. Herrn Wolf.
Jahn: Herrn Major Wolf.
In dem Moment treffen zwei weitere Märchenlandbewohner mit Gartenbaugeräten am Nachbarzaun ein. Und einen wehrhaften Hund haben sie auch bei sich.
1. Laubenpieper: Haben Sie ein Signal gegeben, Herr Wolf?
Wolf: Das ist ein Rechtsanwalt …
Liebling: Und mein Mitarbeiter.
Wolf: Die wollen zu mir.
2. Laubenpieper: Und was wollen sie?
Liebling: Wir wollen nichts kaufen, nichts verkaufen, nichts vermakeln, keinen Grund und Boden, keine Häuser, wir haben auch nichts mit dem Senat im allgemeinen und mit dem Bausenator im besonderen zu tun.
Der Hund bellt.
Jahn: Wenn ein Hund angreift, direkt in den Unterkiefer greifen, das setzt ihn außer Gefecht.
Liebling nickt.
1. Laubenpieper: Aber nicht den hier, meine Herren!
Jahn: Jeden.
Liebling stößt ihn an. Auf dem nahen Weg kommen weitere Laubenpieper.
Jahn: Wir wollen hier keinen Großmarkt bauen, keine Tankstelle, keinen Parkplatz, auch kein Disneyland.
Liebling: Wir wollen nur ein paar Worte mit Herrn Wolf wechseln in einer völlig anderen Sache und das mit ihm allein und möglichst nicht unter freiem Himmel. Es handelt sich um eine Sache, die zurückliegt, als Herr Wolf noch beim Zoll war.

3. Laubenpieper: Das kennen wir! Und ne Woche später kommen die Bulldozer. Aber nich mit uns! Die blöden Ossis sind wir mal gewesen! Erzählt euch eure Märchen alleine.
Laubenpieperin: Zudringlich wie die Schmeißfliegen! Jetzt kommen sie schon durch die Zäune. Bleibt bloß, wo der Pfeffer wächst. Erst mußt ick aus meine Wohnung, jetzt wollt ihr mir meine Laube unter die Füße wegziehn!
Der Hund bellt abermals.
Liebling: Wieso mußten Sie aus Ihrer Wohnung?
Laubenpieperin: Es hat geheißen Eigenbedarf.
Liebling: Nur Ihre Wohnung oder das ganze Haus.
Laubenpieperin: Ganze Haus!
Liebling: Das geht gar nicht! Warum haben Sie das akzeptiert?
Laubenpieperin: Der hat erst Strom, dann Gas, dann Wasser abgestellt!
Liebling: Dagegen hätten Sie vorgehen können!
Laubenpieperin: Der hat Anwälte.
Liebling: Und Sie?
Laubenpieperin: Ick kann keen bezahlen!
Liebling: Dafür gibt es Beihilfen. Ich habe meine Kanzlei in Prenzlauer Berg.
2. Laubenpieper: Das ist ja im Osten.
3. Laubenpieper: Also redense mit Herrn Wolf, wenn er will. Aber eens lassense sich sagen: Daß Herr Wolf Major beim Zoll war, wissen wir, also das, was heute Altlast heißt. Und denkense nich, Sie könnnen uns Herrn Wolf deswegen madig machen. Is neemlich so: Was er und solche Leute früher übern Westen gesagt haben, hab ick nie jegloobt – heute gloob icks. Und außerdem, ohne Herrn Wolf wärn wir heute längst unsere Lauben los. Der hat uns nämlich organisiert, weil er Ahnung hat.
4. Laubenpieper: Herr Wolf, wir warten hier. Wenn Sie in zehn Minuten nicht rauskommen und sagen: Alles okay, kommen wir rein und sehn nach.
Wolf bittet Liebling und Jahn in die Laube.

In der Laube

Wolf scheint hier allein zu leben. Er bietet den beiden zum Sitzen an, was da ist – Stühle aus dem üblichen Mischmaschmobiliar solcher Häuschen.
Liebling: Es geht um die Sache Lohmann, Krack, Posselt. Erinnern Sie sich?
Wolf: Unterschlagung beschlagnahmter Waren und Weiterverkauf. Die sind doch verurteilt worden, und zu Recht.
Liebling: Und Kohl.
Wolf: Kohl war mein direkter Untergebener.
Liebling: Und Parteisekretär.
Wolf: Und wenn, daraus ist ihm kein Strick zu drehen, normalerweise, aber was ist heute noch normal?
Liebling: Kohl will aber jemand einen Strick drehen. Können Sie sich auch an den Namen Klemmig erinnern?
Wolf: An den Mann und an den Namen. Der war damals abgestellt zu uns in der Sache, von der Kripo. So ein Hänfling. Ich hab ihn gegen Mitternacht nach Hause geschickt. Der war dem allen gar nicht gewachsen.
Liebling: Würden Sie das bezeugen?
Wolf: Nein. Prinzipiell nicht.
Jahn: Der Kohl sagt nämlich, Klemmig hat ihn die ganze Nacht verhört. Gedroht. Darunter mit der Stasi. Damit er zugibt, daß er Posselt und die anderen gedeckt hat. Hat ihn hungern lassen und so weiter.
Liebling: Und der Kohl war ja ein heimlicher Widerständler, und unter anderem Sie haben ihn deswegen ständig benachteiligt und ihm die Karriere versaut.
Wolf: Was war Kohl?
Und unvermittelt geht er in den Nebenraum und kommt mit einer Akte zurück, einer recht dicken.
Wolf: Soll ich Ihnen mal die Liste seiner Auszeichnungen vorlesen? Alle von mir befürwortet.
Liebling: Was ist das?

Wolf: Seine Kaderakte. Die Kopie. Das Original hat er selber.
Jahn: Ziemlich dick.
Liebling entnimmt seiner Tasche Kohls Akte und reicht sie Wolf.
Wolf wirft einen Blick darauf – dann: Sehr geschickt gefälscht.
Liebling: Würden Sie mir Ihre überlassen, als Kopie?
Wolf: Wo denken Sie hin! Und bieten Sie mir jetzt kein Geld an.
Liebling: Kohl ist doch befragt worden. Gabs darüber kein Protokoll?
Wolf: Natürlich.
Liebling: Das haben Sie nicht auch.
Wolf: Die Akten sind alle vernichtet worden.
Liebling: Auch nicht als Kopie?
Wolf schweigt.
Liebling: Darin muß doch stehen: Anfang und Ende der Befragung. Essen ja oder nein. Welche Fragen, welche nicht. Unterschrift des Befragten.
Wolf: Natürlich.
Gleichzeitig verläßt er die Laube.
Draußen Wortwechsel mit den Laubenpiepern.
Liebling und Jahn sehen sich an.
Liebling, als Wolf zurückkommt: Ich kann Sie verstehen. Die Akten sind vernichtet, aber in Ihrer Position damals hätte ich an Ihrer Stelle auch alles getan, um später sicher zu sein, daß nicht irgendein Kohl irgendwas über mich behauptet, das ich nie gesagt oder getan habe.
Wolf: Ich hab mich immer an die Gesetze der DDR gehalten, als Vorgesetzter. Und die waren in Ordnung.
Liebling: Klemmig, nehm ich mal an, auch. Nur er hat keine Akten, kann nichts beweisen.
Wolf: Und Sie verteidigen demnach den Klemmig?
Liebling hat auch die Prozeßvollmacht bei sich und gibt sie Wolf.
Jahn: Was hat der eigentlich im Kopf, der Kohl?

Wolf: Was wir alle im Kopf haben – unser Fortkommen, mehr oder weniger. Kohl mehr, vielmehr, und das schon immer.
Liebling: Ich schick Ihnen morgen noch mal den Herrn Jahn hier, meinen Mitarbeiter. Der hat dann ein Kopiergerät bei sich, klein, paßt in seine Tasche. Strom haben Sie im Märchenland? Sie sagen ihm, wann das Tor offen ist, oder Sie holen ihn ab, oder noch besser: Sie warten auf ihn an Ihrem Zaun. Dann kopieren Sie mir dieses Protokoll. Mehr nicht.
Herr Jahn war übrigens Polizist.
Jahn: Obermeister.
Wolf schweigt.

Gericht

Die Kammer mit dem Vorsitzenden – es ist jener der Isenthal bekannte Richter –, Staatsanwalt und so weiter.
Die Isenthal neben der jungen Frau.
Im Publikum zwei Gruppen: eine große Gruppe junger Männer in Bomberjacken und Pilotenstiefeln, glatzköpfig alle, auch Mädchen darunter. Sie machen sich auf den Zuschauerbänken regelrecht breit. Unter ihnen einer mit einem Pflaster auf der Nase. Ein rüder, beschränkter, von sich eingenommener Typ, fett- und muskelstrotzend.
Sie alle stellen ihre Gewaltbereitschaft ständig aus, gähnen oder machen Zwischenrufe. Die »Herren der Welt«.
Von ihnen getrennt eine Gruppe weiterer junger Leute, viele mit angefärbten Haaren, auch Geschorene, aber dann mit Zöpfen.
Die Isenthal beim Plädoyer: Und jetzt stellen Sie sich einmal die Situation vor, wie sie wirklich gewesen ist und wie sie unsere Zeugen einhellig beschreiben.
Gegröle der Glatzkopfbande.
Die Isenthal: Meine Mandantin kommt auf den Zeugen zu, der vermutlich in derselben Haltung dasitzt wie jetzt,

die Beine auf dem einzigen freien Stuhl, als wenn ihm und seinesgleichen die Welt gehört...
Der Zeuge mit dem Pflaster: Heute gehört uns Deutschland und morgen die ganze Welt.
Beifallgegröle der Glatzkopfbande.
Die Isenthal: Herr Staatsanwalt! Ich erstatte Anzeige gegen Ihren Zeugen wegen Verstoßes gegen Paragraph 86 StGB Absatz vier: Wer Propagandamittel, die nach ihrem Inhalt bestimmt sind, Bestrebungen einer ehemaligen nationalsozialistischen Organisation fortzusetzen, im räumlichen Geltungsbereich dieses Gesetzes verbreitet und so weiter, wird mit Freiheitsstrafe bis zu drei Jahren oder mit Geldstrafe bestraft.
Der Staatsanwalt nickt.
Die Glatzköpfe lachen.
Die Isenthal: Meine Mandantin bittet höflich um diesen Stuhl. Die Antwort kennen Sie: Wenn du dich von mir fikken läßt.
Gegröle.
Die Isenthal: Die Replik meiner Mandantin, die besser nicht sein konnte, kennen Sie auch: Ich laß mich hier von jedem ficken, bloß nicht von dir, und jetzt steht der Zeuge auf und schüttet ihr sein volles Glas Bier ins Gesicht. Bis dahin war die Auseinandersetzung verbal verlaufen, aber das war ein eindeutiger physischer Angriff, und sie mußte weitere Aktionen des ihr körperlich stark überlegenen Zeugen erwarten, von dem sie außerdem voraussetzen konnte, daß er vor keinem Mittel zurückschrecken würde. Wer darf ihr da verübeln, daß sie nach einer Abwehrmöglichkeit sucht, fast instinktiv und voll im Affekt? So steht sie praktisch blind da, sieht diesen Mann auf sich zukommen, tastet auf dem Tisch nach einem Gegenstand, es ist der Aschenbecher, den sie als solchen in dieser Sekunde nicht mal erkennt, auch über sein Gewicht nicht nachdenkt, und schleudert ihn dem Zeugen entgegen, in voller, aber keineswegs exzessiver Notwehr, und setzt ihn so außer Gefecht.

Die Isenthal spielt gleichzeitig die Szene, hat auch einen Aschenbecher zur Hand, einen aus Plastik, erhebt ihn auch, aber schleudert ihn nicht.
Gegröle antwortet.
Die Isenthal: Ein Mensch in solch einer Situation macht sich keines Exzesses schuldig und muß davon freigesprochen werden.
Der Vorsitzende zu der jungen Frau: Sie haben jetzt ein letztes Wort.
Die junge Frau ist unsicher.
Der Vorsitzende: Wollen Sie noch etwas sagen?
Die junge Frau: Ich weiß nicht. Ich würde es nächstes Mal genauso machen.
Der Vorsitzende: Das Urteil wird in fünfzehn Minuten verkündet. Jetzt noch eine Bemerkung angesichts der Polarisierung im Saal. Die Kammer hat nicht ein politisches Urteil zu sprechen. Der Gerichtssaal ist nicht der Ort für politische Auseinandersetzungen. Interessant sind allein strafrechtlich relevante Fakten, unabhängig vom politischen Standpunkt der Parteien.
Die Isenthal ist einigermaßen irritiert.
Das Gericht verläßt den Saal.
Ihre Mandantin sagt: Schon klar!
Die Isenthal: Abwarten.

Auf dem Korridor vor dem Saal

Die Isenthal übergibt dem Staatsanwalt ein Papier.
Der Staatsanwalt: Was ist das?
Die Isenthal: Meine schriftlich formulierte Anzeige.
Der Staatsanwalt nimmt sie entgegen.

Das Gericht betritt den Saal
Der Vorsitzende: Im Namen des Volkes. Die Angeklagte, Frau Jeder, wird wegen Verstoßes gegen Paragraph 223 a StGB zu dreißig Tagessätzen à 10 DM verurteilt. Der Angeklagten wird nachgelassen, den Betrag in monatlichen Ratenzahlungen von DM 100 an die Gerichtskasse zu zahlen.
Die Isenthal flüstert: Darf doch nicht wahr sein.
Die Glatzköpfe grölen.
Der Vorsitzende: Ich kann Sie immer noch des Saales verweisen! – Zu den Gründen. Die Angeklagte hat sich zweifellos zu Recht bedroht gefühlt und auch zu Recht zu Mitteln der Notwehr gegriffen. Daher die vergleichsweise Milde des Urteils der Kammer. Aber auch in dieser Situation war sie verpflichtet, ihren Affekt zu beherrschen und nach Abwehrmitteln zu suchen, die eine derart schwere Körperverletzung ausschlossen.
Gegen dieses Urteil stehen der Angeklagten die Rechtsmittel der Berufung oder der Revision zu. Sie müssen binnen einer Woche eingelegt werden.
Die Isenthal: Tun wir das?
Die junge Frau: Logo.
Die Isenthal hat es nicht anders erwartet.
Der Staatsanwalt: Eine Bemerkung noch. Ich denke, ich werd meinem Abteilungsleiter vorschlagen, daß wir unsererseits in Berufung gehen. Ich für meinen Teil habe mich von den Argumenten der Verteidigung überzeugen lassen.
Der Vorsitzende: Die Verhandlung ist geschlossen.
Die Isenthal: Das gibts?!
Sie lächelt dem Staatsanwalt zu – der gibt das Lächeln zurück, so gut ein Staatsanwalt das kann.
Der Vorsitzende verschwindet sehr schnell aus dem Saal.

Ein Flachbau im DDR-Stil. Auch innen fast noch alles wie gehabt. Ein Zolloffizier in seinem Dienstzimmer. Er sitzt da vor seinem Computer, der ihn offenbar vor Rätsel stellt. Der Mann blättert in den Unterlagen und hackt auf dem Keyboard wie ein Anfänger, der er offenbar auch ist.
Klopfen.
Der Mann fast erleichtert: Ja. Bitte.
Liebling mit Tasche.
Liebling: Entschuldigung, Liebling mein Name, ich schneie da bei Ihnen mal so rein. Ich hab da so eine Sache, als Anwalt müssen Sie wissen, und wenn ich richtig informiert bin, gibt es diesen Mann auf Ihrer Dienststelle, ich kann leider seinen Namen nicht entziffern, Sauklaue, und ich dachte, zum Beispiel Sie könnten …
Der Mann aufgeräumt: Jetzt mal der Reihe nach. Sie haben ein Dokument mit einer Unterschrift. Die Unterschrift können Sie nicht entziffern. Sie wissen aber, der Unterschreibende arbeitet beim deutschen Zoll und nicht nur das, sondern möglicherweise auf dieser Dienststelle. Und Ihre Vorstellung ist, ich möge aufgrund meiner Kenntnisse unserer Beamten und deren Namen respektive Unterschriften die fragliche Unterschrift entschlüsseln.
Liebling: So hätte ich mich ausdrücken sollen.
Der Mann: Na, machen wir doch. Zeigen Sie mal her.
Liebling gibt ihm ein Blatt, das nur zwei Zeilen hat und dann die Unterschrift. Der Mann wirft einen Blick darauf, während Liebling weiterredet.
Liebling: Die Gerichte fragen in aller Regel und schon routinemäßig: Und das ist die Unterschrift Ihres Zeugen. Da möchte man dann sicher sein.
Der Mann: Das ist, kurz gesagt, meine eigene Unterschrift. Und gut lesbar, wie ich finde. Und wieso bin ich Ihr Zeuge und in was für einer Sache?
Es ist schon vorbei mit seiner Leutseligkeit.
Liebling: Sie sind da nicht mein Zeuge, sondern der des

Staatsanwalts in der Sache gegen Herrn Klemmig, Oberkommissar der Kripo, den Sie angezeigt haben.
Der Mann: Und was soll das hier? Der Wisch?
Liebling: Das ist das letzte Blatt des Protokolls Ihrer angeblich zwölfstündigen, in Wahrheit fünfzehnminütigen Befragung durch Herrn Klemmig im Jahre 1988, das von Ihnen persönlich unterschrieben ist. Das Original ist vernichtet. Die Kopie davon wie auch die Kopie Ihrer ungesäuberten Kaderakte befindet sich in einem Depot am Stadtrand Berlins. Gut bewacht, aber jederzeit einsehbar. Und schönen Dienst noch!
Liebling geht.
Der Mann Kohl findet keine Worte.

Kellergewölbe

Liebling bewegt sich durch Kellergänge, die durch Aktenstapel eingeengt sind. Die Türen wirken wie Zellentüren, die Räume dahinter wie Zellen. Sie sind besetzt von Menschen, die nichts machen außer Akten lesen, telefonieren, Computer füttern.
In einer Zelle Klemmig. Liebling setzt sich zu ihm.
Liebling: Wenigstens ist der Vollzug bei Ihnen offen!
Klemmig: Ja. Abends kann man nach Hause.
Liebling schiebt ihm Seiten über die Akten, die Klemmig eben durchsieht.
Liebling: Das ist das Protokoll von Ihrer Befragung des Kohl am zehnten November 1988, von genau 19 Uhr fünfzehn bis 19 Uhr fünfzehn. Eine Kopie.
Klemmig sieht hin. Es sind nur zwei Seiten.
Liebling: Von Kohl unterschrieben.
Klemmig nimmt die Brille ab.
Liebling: Damit ist der Mann nicht nur kein Zeuge mehr, sondern Sie können ihn rankriegen wegen falscher Verdächtigungen.
Klemmig mit zitternder Stimme: Danke.

Liebling: Übertreiben Sies mal nicht.
Und mit Blick auf die übervollen Regale: Das müssen Sie noch alles durcharbeiten?! Das dauert ja noch 50 Jahre. Da haben Sie wenigstens einen sicheren Job.

Leben ist auch eine Kunst

Vor dem Isenthal-Haus

Vor dem Haus und auf dem anschließenden Grundstück machen die Cowboys sauber. Auch Barbara ist beteiligt, allerdings mehr pro forma. Sie hat sich für die Rolle der Chefin entschieden.
Ein exotisches Gefährt kommt die Straße herunter.
Drei Räder, zwischen den hinteren Rädern eine Sitzbank, darüber ein Leinwandverdeck, das Vorderteil ist das eines Fahrrades. Betrieben wird das alles durch die Muskelkraft des Fahrers. Eine Rikscha, genauer: eine Fahrradrikscha.
Der Fahrer ist ein kleiner Mann, nicht mehr der Jüngste, mit auffällig starken Augenbrauen.
Barbara: Da kommt was, ne Geisha.
Der Kleine: Das is ne Ritschka! Darf doch nich wahr sein!
Der Große: Eine Ritschka is ein fernöstliches Verkehrsmittel.
Barbara: Was ist dann ne Geisha?
Der Kleine: ne Geisha is …
Der Große: So wat ähnlichet. Aber ooch fernöstlich.
Der Rikschafahrer stopt vor den dreien.
Der Rikschafahrer: Hier sollen irgendwo Anwälte wohnen?
Der Kleine zeigt ihm, wo es lang geht.
Der Große: Ick bin schon lange der Meinung, dit Schild is ssu kleen! Sieht doch keen Schwein!
Der Rikschafahrer bedankt sich und sucht eine Parklücke für sein Fahrzeug. Die ist nicht zu finden.
Der Kleine: Laß se stehn da! Hier parken janz andere in zweite Reihe.

Der Rikschafahrer: Haben die Anwälte so viel zu tun?
Der Große: Jenau.
Der Kleine: Laß dirn Termin jeben. Worum jehts eintlich?
Der Rikschafahrer: Um die Zulassung für die Rikscha als, na ja, als Rikscha. Im Straßenverkehr.
Der Große: Is dit dein Job? Ritschkafahrer?
Der Rikschafahrer: Nee. Eigentlich bin ich Schauspieler, war ich Schauspieler. Gaukler. Zauberer. Artist.
Der Kleine: Und dit ernährt wohl sein Mann nich mehr?
Barbara: Und die Kugel?
Auf dem Fußbrett der Rikscha zwischen Bank und Sattel liegt eine massive Kugel.
Der Rikschafahrer: Die brauch ich zum Training, als Gewicht. Oder zum Gaukeln.
Der Große: Warum jehste nich zun Verkehrsbullen, wenn de zujelassen werden willst?
Der Rikschafahrer: Die wollen nicht. Es gibt keine Möglichkeiten.
Der Kleine: Denn biste hier richtig.
Barbara: Gaukle mal! Mit Kugel!
Der Rikschafahrer läßt sich nicht lange bitten. Er nimmt die Kugel aus der Rikscha, zieht die Schuhe aus, Socken trägt er nie, und verlangt: Hast du mal ne Mark?
Der Große: Dit is keen Gaukeln, dit is Betteln.
Barbara: Habt ihr mal ne Mark?
Die Cowboys geben ihr eine Mark. Barbara gibt sie an den Rikschafahrer weiter.
Der besteigt die Kugel. Er fängt an: Meine Damen, meine Herrn. Früher war das Leben einfach. Die Welt war eine Scheibe. Jedermann wußte das, und keiner hatte Sorgen, sich darauf zu halten. Dann kamen kluge Männer und bewiesen: Die Welt ist eine Kugel. Von da an wurde es immer schwieriger, sich auf der Welt zu halten. Die einen lernten es schnell, die anderen langsamer. Manche gar nicht. Die fielen hinten runter. Meine Damen und Herren! Geld regiert die Welt, das wissen wir alle. Wir brauchen es wie

die Luft zum Atmen, wie das Wasser zum Trinken, wie das Brot zum Essen. Ich zeige Ihnen jetzt eine Methode, wie der Mensch sich direkt vom Geld ernähren kann, durch Reibung! Sehn Sie her! Schaun Sie zu! Nehmen Sie eine Münze! Legen Sie sich dieselbe flach auf den Zeige- und den Mittelfinger der rechten Hand. Legen Sie Ihre linke Hand hinter den Kopf, und reiben Sie so lange die Münze über die besonders gut geeignete Haut Ihres Unterarmes, bis diese durch die Reibung verdampft und so direkt in Ihre Blutbahn kommt.
Zweimal fällt ihm bei dieser Aktion die Münze aus der Hand, während der ganzen Zeit balanciert er auf der Kugel. Zweimal gibt ihm Barbara das Geld zurück. Beim dritten Versuch ist keine Münze mehr zu sehen.
Der Rikschafahrer: Und das, meine Damen und Herren, glauben Sie es mir oder nicht, ernährt auch seinen Mann!
Barbara spendet Beifall.
Der Kleine: Und wo ist jetze wirklich dit Jeld?
Der Rikschafahrer: In meiner Blutbahn!
Der Große: In deiner Tasche!
Der Rikschafahrer: Durchsuchen Sie mich! Zwei Fuffzjer, die kann ich Ihnen geben!
Er holt sie aus der Tasche und gibt sie Barbara. Barbara gibt sie an die Cowboys weiter.
Barbara: Verrätst du mir den Trick? Besorg ich dir auchn Termin bei meiner Mutter.
Der Rikschafahrer: Gleich?
Barbara: Aber erst den Trick.
Der Rikschafahrer: Erst den Termin.
Barbara: Na schön.
Sie geht voraus. Der Rikschafahrer folgt ihr.
Der Kleine: Hast du dit kapiert?
Der Große: Der hat sich die Mark irgendwie ins Hemd jeschoben.
Der Kleine: Unsinn! Der hat se sich uffn Kopp jelecht!
Der Große: Bei die paar Stoppeln? – Jib ma ne Mark!

Kanzlei

Senta telefoniert: Geben Sie mir bitte den Verkehrssenator! ... Dann seinen Stellvertreter ... dann den sein ... dessen Stellvertreter ... Es geht darum, ob und unter welchen Umständen einer in Berlin eine Rikscha gewerblich nutzen kann ... eine Rikscha ... das ist ein fernöstliches Personenbeförderungsmittel, fahrradmäßig, kein Motor. Außerordentlich umweltfreundlich ... Dann geben Sie mir das. Danke ... Hier Anwaltspraxis Isenthal-Liebling in Prenzlauer Berg. Es geht darum, ob und unter welchen Umständen einer in Berlin eine Rikscha gewerblich nutzen kann ... Eine Rikscha. Nein, kein Inder, ein Deutscher, ein Ostdeutscher, was macht das für einen Unterschied? Eine Rikscha ist nichts zum Essen! Sie fährt Personen. Schlagen Sie im Brockhaus nach!

Büro der Isenthal

Der Isenthal gegenüber sitzt der Rikschafahrer.
Die Isenthal: Haben Sie die direkt importiert?
Der Rikschafahrer: Iwo. Ich hab sie im Vorbeifahren gesehen, in Bayern. Der hat sie direkt importiert. Dann erst ist ihm aufgefallen, daß er damit keinen Berg hochkommt, schon gar nicht mit Passagier.
Die Isenthal: Hab ich in meinem Leben schon mal eine Rikscha gesehen?
Der Rikschafahrer: Sehn Sie aus dem Fenster!
Die Isenthal geht zum Fenster. Unten sieht sie: Barbara balanciert auf des Rikschafahrers Kugel – die Cowboys sind an ihrer Seite und verhindern das Schlimmste. In der Nähe die Rikscha.
Die Isenthal: Und was ist mit der Kugel? Ist das auch Ihre?
Der Rikschafahrer: Die ersetzt mir vorläufig den Passagier.

Die Isenthal: Aber eigentlich sind Sie Artist?
Der Rikschafahrer: Eigentlich bin ich Mime, Schauspieler.
Die Isenthal: Aber? Ist sie verhunzt, die Kunst?
Der Rikschafahrer: Leben ist …
Senta kommt.
Senta: Also, alles kein Problem. Sie können mit der Rikscha am Straßenverkehr teilnehmen, weil im Gesetz nichts Jejenteiliget steht. Sie ham nur die Fahrradwege zu vermeiden, und Sie dürfen nischt machen, daß dit Teil schneller aussieht, als es is. Wat dit ooch imma heißt.
Die Isenthal: Zufrieden!?
Der Rikschafahrer: Macht das was? Heute macht ja alles was.
Die Isenthal: Verbuchen wir unter Werbung.
Senta: Sie machen denn ein Schild an ihr Fahrzeug: »Suchst du Recht in deinem Fall, geh zu Liebling und Isenthal!«
Die Isenthal: Sie wollten noch was sagen, zum Thema Kunst.
Der Rikschafahrer: Leben ist auch eine Kunst, wollte ich sagen.

Vorm Isenthal-Haus

Der Kleine: Allet paletti?
Der Rikschafahrer: Allet paletti!
Der Große: Darfste ihr treten!
Der Rikschafahrer: Ich darf sie treten.
Der Kleine: Machste dir denn Schlitzoogen und setzt dirn Strohhut uff?
Der Rikschafahrer: Genau das werde ich nicht machen. Aber ich soll verhindern, daß sie schneller aussieht, als sie ist.
Der Große: Wie schnell biste denn?
Der Rikschafahrer: Keine Ahnung. Zehn, zwanzig.
Der Kleine: Koof dirn Tacho.

Der Rikschafahrer: Ein Tacho kommt da nicht ran!
Der Kleine: Läßt sich ja ooch anders rausfinden. Durch Stoppen. Wir setzen uns rin, du strampelst, wir stoppen. Und denn machstn Schild ran mit deine Höchstjeschwindigkeit. Wir brauchen bloß ne abjemessene Strecke.
Der Große: Na, so jenau?! Bis zur nächsten Ecke sind hundert Meter, schätz ick ma. Machen wa mit fliegenden Start?
Barbara: Aber erst den Trick!
Der Rikschafahrer nimmt Barbara beiseite und flüstert ihr ins Ohr, wie der Trick geht.
Der Rikschafahrer: Kapiert?
Barbara versichert es.
Zu dritt setzen sie sich in die Rikscha. Der Rikschafahrer im Sattel. Er tritt an. Sie fahren die Straße abwärts.
Als der Rikschafahrer Tempo hat, ruft der Kleine: Jetze! Er sieht auf seine Uhr. Nach etwa hundert Metern ist der Rikschafahrer am Ende seiner Kräfte.
Der Kleine: Stop!
Er sieht auf die Uhr: Achtzehn Sekunden. Dit sind ... warte ma ...
Er versucht zu rechnen. Der Große grinst.
Der Kleine: Du sei ruhig. Du weestet doch ooch nich.
Der Rikschafahrer: Doch. Auf die Sekunde zwanzig Kaemha, fast.
Barbara: Nicht fast, sondern genau: 100 Meter verhalten sich zu 18 Sekunden wie x Meter zu 60 mal 60, das sind 3600 Sekunden. 18 x gleich 360 000; x gleich 360 000 durch 18, das sind 20 000 Meter oder 20 Kilometer, also 20 kmh.
Der Kleine: Noch mal!
Der Große: Höa uff! Dit iss ssu spät füa dir! Damit hättste früa anfang müssn. Inne sechste. Aba du hast ja nua vier.
Der Kleine: Du sei ruhich! Du bist doch Analphabet! Wie schreibt man zum Beispiel Wasserstoffflamme?
Der Große: Soviel ick weeß, brennt Wassastoff janich. Der explodiert. Da hilft dir ooch keen Alphabet.

Kanzlei

Liebling betritt die Kanzlei. Sein Problem ist, die Cowboys sind beim Renovieren der Räume. Liebling weiß nicht, wo er hintreten soll. Unausbleiblich: Er wird bekleckert.
Liebling: Irgendwie wirds Zeit, daß Sie wieder zu Ihrer Karre kommen.
Der Kleine: Jenau.
Liebling: Senta?
Senta ist nicht an ihrem Arbeitsplatz.
Der Große: Die sind alle inne Küche.

Küche

Hier sitzen beim Kaffee: die Isenthal, Senta, Lena und Ria Hegewald. Die Stimmung ist gut, wenn nicht aufgekratzt. Lena liest Horoskope vor.
Senta, als Liebling kommt: Auchn Kaffee, Chef?
Sie schiebt ihm den letzten freien Stuhl hin. Liebling weiß noch nicht, wie er sich verhalten soll.
Lena: Robert, du bist doch Löwe. Als Löwe solltest du heute vor allem eins: die Ruhe bewahren, dich möglichst im Hause aufhalten, nicht spontan auf die Fragen, die auf dich zukommen, antworten. In der Liebe sorgfältig wählen, keine Experimente eingehen, auf Bewährtes zurückgreifen, und das nicht nur heute. Nichts vergessen, aber vieles verzeihen ...
Liebling: ... und was dergleichen Schwachsinn mehr ist.
Lena: Lies selber!
Sie schiebt ihm die Zeitung hin.
Liebling: Was liegt eigentlich an, hier und heute?
Die Isenthal: Unsere Arbeitsplätze sind belegt. Die Handwerker!
Senta: Ich hab ihnen aber gesagt, Ihr Büro sollen sie gefälligst nachts machen oder jedenfalls nach Feierabend.

Liebling: Wie lange zieht sich das eigentlich noch hin mit dem Amischlitten?
Die Isenthal: An mir liegts nicht.
Ria: Und ich hab was abzuliefern. Auftrag prompt erledigt.
Sie schiebt ihm Seiten über den Tisch.
Ria: Der erste Psychiater stand tatsächlich bereits in den vierziger Jahren des vorigen Jahrhunderts vor Gericht, ich meine als Gutachter. Und zwar war das im Fall des ...
Liebling: Danke. Sie können sich eine Eins eintragen!
Lena: Und ich komme als reitender Bote im Auftrag eines gewissen Axel Isenthal. Axel trägt sich mit dem Gedanken, vielleicht doch nicht zu den Franziskanern zu gehen, sondern sich, sagen wir mal, anders zu verhalten, eventuell sich zu stellen. Er sucht dazu einen juristischen Berater, der ihm sagt, wie er sich verhalten soll. Da das seine Mutter kaum sein kann ...!
Die Isenthal: Warum haben Sie mir eigentlich nicht gesagt, wo Axel sich aufhält?
Lena: Entschuldigung, Robert! Ich wollte nicht petzen. Ich hab das vorausgesetzt, weißt du.
Liebling: Ich fand, daß dies Axels Sache sei. Er war ja offenbar auch kurz davor. Als mildernden Umstand bitte ich zu berücksichtigen, daß ich ihn da, wo er sich aufhält, zunächst in ganz guten Händen fand.
Lena: Danke.
Senta: Oder vielleicht eine Götterspeise?
Da Liebling seinen Kaffee nicht anrührt.
Liebling: Wär nicht verkehrt!
Und schon hat er seine Götterspeise vor sich. Lena registriert das sehr wohl. Liebling schiebt das Zeug aber wieder weg.
Liebling: Dieser Farbdampf zieht offenbar bis in den Kühlschrank.
Die Isenthal: Dabei nehmen sie schon Umweltfarbe, auf Sentas ausdrücklichen Befehl hin.

Lena: Die Umwelt stinkt, warum soll Umweltfarbe da nicht stinken?
Die Isenthal: Außerdem ist sie ziemlich teuer.
Liebling: Heißt doch immer: Geld stinkt nicht.
Senta: Und genau daran jeht zuletzt die Umwelt zugrunde. Weil keena n bißchen mehr bezahlen will und weil es geruchlos zujehn soll. Und überhaupt dit Wort Umwelt? Wir inne Mitte, und allet dreht sich um uns. Schon falsch. Mitwelt müßte dit heißen.
Lena: Und wir Mitesser.
Senta: Janich so falsch, findn Se nich?
Liebling: Liebe Kollegin Ria, ich darf doch Ria sagen?
Ria: Wenn ich Robert sagen darf?
Da gehen drei Paar Brauen hoch, Damenbrauen.
Liebling: Das wär nur gerecht.
Lena denkt sich ihr Teil, und sie denkt die Wahrheit. Ria freut sich. Die Isenthal amüsiert sich.
Liebling: Ich hab da gleich wieder was für Sie. Blättern Sie doch mal, und suchen Sie mir die Gerichtsentscheidungen bei Totalverweigerung ..., oder will er doch Zivi werden?
Lena: Er bleibt bei Totalverweigerung. Zivildienst ist seiner Meinung nach nur verdeckter Kriegsdienst. Er dient zur Herstellung der Infrastruktur im Kriegsfall und täuscht den Normalbürger über die Tatsache hinweg, daß im Prinzip der militärisch-industrielle Komplex das Land beherrscht und willkürlich Menschenrechte verletzt, indem er über die Gerichte Totalverweigerer diskriminiert.
Senta: Ick weeß ja nich, wo da een Jrund is, ironisch zu werden?
Ria: Das war aber kein Stück ironisch!
Lena: Danke.
Liebling: ... also der letzten fünf Jahre raus, speziell der Zeit nach neunundachtzig.
Senta: Denken Sie, da hat sich wat jeändert nach neunundachtzig? Daß neunundachtzig wat passiert is, spricht sich bei de Jerichte und allemal bei de Militärjerichte villeicht

in zehn Jahre rum, wennet Jeschichte ist. Und bis dahin machense weita wie jehabt. Wetten?!
Ria: Weiter zurück als fünf Jahre soll ich nicht gehen?!
Liebling: Eigentlich nicht mal. Wies früher war, wissen wir ja.
Lena: Heißt das, Axel ist jetzt dein Mandant?
In die Küche kommt der Große. Er steht in der Tür und starrt Ria an. Die in der Küche starren ihn an.
Die Isenthal: Ja?
Der Große: Also wie is jetze die Entscheidung jefallen? Solln wa dreißig vonne Decke den weinroten Strich machen oda solln wa nich?
Liebling: Eher nicht, wenn ich was sagen darf.
Der Große: Und warum nich, wenn ick ma fragen darf. Jehn Sie davon aus, daß wa keen geraden Strich ssiehn könn?
Liebling: Weil das dann noch Tage dauert.
Der Große: Is nich janz vonne Hand ssu weisen. Aba so is dit nun ma mit Qualitätsarbeit. Entweder schnell oda jrade.
Die Isenthal: Dann schnell.
Damit könnte der Große gehen – bleibt aber stehen. Wegen Ria.
Liebling: Wo waren wir?
Senta: Ob Axel jetzt Ihr Mandant ist oda nich.
Liebling: Wohin ist er einberufen?
Die Isenthal und Lena: Nach Siebeneichen.
Der Große: Armer Vater! Siemeichen.
Liebling: Was is denn mit Siebeneichen. Und wo ist Siebeneichen?
Die Isenthal: Mecklenburg-Vorpommern.
Der Große. Ick will Sie nich vabessan, Chefin, aba sarense nie Mecklenburg, wennse in Meecklenburg sind. Es heißt Meecklenburg.
Ria: Und was spricht gegen Meecklenburg? Soll doch sehr schön sein, hab ich mir sagen lassen.
Der Große: Jegn Meecklenburg spricht janischt. Wenn

ickn fahrbaren Untersatz hätte, würd ick Sie morgen einladen und Sie durchfahren und rundum, damit Se sich davon übazeujen könn. Aba Siemeichen! Ick weeß nich ma, ob dit Nest nich eintlich in Brandenburch liecht. Paar Wochen Siemeichen ssiehn unfehlbar ne unheilbare Sakima nach sich. Ick weeß wovon ick rede. Ick war da bei de Attlerie.
Ria: Sakima?
Der Große: Sand- und Kiefernmacke.
Ria: Und wie äußert die sich?
Der Große: Sehn Se mia an: Die totale püschiche und füsische Abstumpfung, erträglich nur durch regelmäßige Einnahme von Alkohol in leida imma jrößere Mengen. Nischt und niemand uff de Welt könnte mia dazu kriejen, jemals wieda nach Siemeichen ssu jehn.
Ria: *Jemals!* Ich möchte wetten, Sie können sogar das Wort »psychisch« korrekt aussprechen. Sie klemmen bloß.
Der Große: Ich könnte vielleicht jedet Wort korrekt aussprechen, wenn jemand wie Sie mir die nötije Förderung anjedeihen lassen würden. Anderaseits: Wat soll ick in Kanada mit korrekte Aussprache? Da triffst du tagelang keen Menschen, nur Elche und Biba und Bären. Und um mir mit mein Kumpel oda mit ne andre Person zu vaständigen, dassu wirtet ja wohl reichen. Ick war immahin Schreiba bei de Attlerie. Ick war die schärfste Waffe der Nato inne Volksarmee. Aba det wird ja heutssutage nich annakannt.
Das ist sein Abschied.
Ria: Kanada?
Liebling: Da wolln sie hin, er und sein Zwilling. Weil Kanada ein noch freieres Land ist als dieses.
Senta: Kann man sich kaum vorstellen.
Die Isenthal: Und weil sie der Meinung sind, daß ihr Cadillac heimgeführt werden muß. Für den wäre hier gar kein Platz, und er brauche Auslauf.
Lena: Es sei denn, Sie, Ria, ich darf doch Ria sagen, werden seine Deutschlehrerin. Sie werden bemerkt haben,

daß Sie soeben – oder wann auch immer – eine Eroberung gemacht haben. Das wäre doch mal eine Variante: Bei Gott, jetzt hat ers. Es jrünt so jrün, wenn Spaniens Blüten blühen und so weiter.
Ria: Gott, warum nicht. Wenn ich nicht schon anderweitig engagiert wäre.
Dies geht eindeutig auf Liebling, auch wenn es leichthin gesagt ist.
Ria: Wenn ich dann auch einen Vorschlag machen darf, ich meine rein referendariatsmäßig: Robert sollte einfach nach Siebeneichen fahren und mit Axels Kommandanten über die Sache reden. Der hat letztendlich das Sagen. Ich habe einen Fall erlebt, da ging das gut. Würde mich stark interessieren. Ich könnte vielleicht auch was gegen die Folgen der Sakima tun.
Lena: Den notwendigen fahrbaren Untersatz könnte ich beisteuern – es sei denn, du ziehst den Trabant von Frau Isenthal vor, falls sie ihn denn überhaupt ausleiht oder entbehren kann. Und falls mir einer sagt, in welchem Kiefernwald dieses Siebeneichen liegt oder steht oder was.
Senta: Wie wärt mit de Bahn?
Liebling: Moment! Darf ich vielleicht auch einen Kommentar geben. Bevor ich nicht mit dem geschätzten Wehrflüchtling ein klärendes Wort gesprochen habe, gedenke ich weder ein Auto, noch die Bahn, noch ein Fahrrad, das ja auch noch in Frage käme, noch sonst ein Verkehrsmittel der Neuzeit zu benutzen. Erst dann klären wir die Lage des Ortes, die Entfernung von der Hauptstadt. Dann die Besetzung der Nebenrollen und dann das Verkehrsmittel.

Berliner Hinterhöfe

Barbara kommt aus dem Quergebäude, in dem der Rikschafahrer wohnt. Die Cowboys warten auf sie. Zu dritt marschieren sie zielstrebig auf eine uralte Remise zu. Bar-

bara öffnet sie. Da steht die Rikscha, und sie ist schwer beschädigt.
Eine Katze flitzt aus der Tür.
Die Cowboys nehmen die Rikscha in Augenschein.
Barbara: So ungefähr hab ich mir das vorgestellt.
Der Kleine: Isser doch zu schnell jefahn?
Der Große: Wien Verkehrsunfall sieht dit aba nich aus. In dit Rad kann eener rinjefahn sein, übrigens von rechts, aber dit Vadeck sieht aus wie mutwillich zarissn. So sieht keen Vadeck aus, ooch nich wenna umjekippt is.
Der Große: Dit hier würde ick für Blutspurn halten. Komm mal!
Beide beugen sich über das Kettenrad.
Barbara: Hier auch.
Sie hat Blut am Lenker entdeckt, getrocknetes Blut.
Der Kleine: Also ob nun Unfall oda sonstwat – valetzt issa. Blut am Lenka kann nur vom Fahra sein.
Der Große: Dit jute Stück. Wenn de mia frachst, unta zwee Riesen nich wieda hinzukriejn.
Der Kleine: Wie hieß der denn?
Barbara: Denkt ihr, er lebt nich mehr?
Der Kleine: Ha ick nich so jemeint. Wie heißt er denn nu?
Barbara: Steinke. Peter. Wohnt da oben. Vierter. Ist aber nich da. Bloß ein Zettel: »Komme gleich wieder.«
Der Große: Na, also. Ein Toter schreibt keine Zettel.
Barbara: Der Zettel sieht ziemlich alt aus.
Der Kleine: Wie sieht ein alter Zettel aus?
Barbara: Eingerollt, knitterig und gelb.
Der Große: Fraren wa ma im Haus!
Barbara: Hier wohnt niemand sonst.
Der Kleine: Vasteh ick.
Der Große: Um hier alleene ssu wohn, mußte entweda ne Wumme inna Tasche ham oda von alle jutn Jeista valassen sind.
Der Kleine: Ne Wumme hatte der nich.
Barbara: Kommt mal her!

Barbara hockt hinter der Rikscha. Vor ihr liegt ein menschlicher Finger.
Der Kleine legt sofort eine Hand vor Barbaras Augen.
Barbara schiebt sie weg.
Barbara: Das ist ein Finger von ihm. Ein kleiner.

Hintereingang Kneipe

Die drei am Durchgang zur Straße. Die Kneipe im Vorderhaus hat hier ihren Hintereingang. Da haben sie geklingelt. Eine Frau – sie steht sonst hinter der Theke – öffnet, aber nur spaltbreit.
Der Kleine: Kennst du hier einen Steinke, Peter. Wohnt uffm dritten Hof, viertn Stock. Fährt ne Rikscha.
Die Frau: Seit wann duzen wir uns?
Der Große: Seit eben. Kennste ihn oda nich.
Die Frau ruft nach hinten: Norbert! Komm doch mal!
Ein Klotz von Mann kommt. Er sieht nicht wie ein Kneiper aus. Eher wie einer vom Bodybuilding. Auch ist er keiner, der sich durch Arbeit die Hände schmutzig macht. Liebt Schmuck.
Der Kleine: Bei euch hier fährt einer ne Rikscha, aba anjeblich kennt den keena.
Norbert: Ne was fährt?
Der Große: Wie Fahrrad mit ner Bank hinten, aba keen Tandem.
Norbert: Vascheißern kann ick mich alleene.
Da hält ihm der Kleine den Finger unter die Nase. Er hat ihn in seinem Taschentuch.
Der Große: Vielleicht sacht euch dit hier wat?
Die Frau schreit auf.
Norbert: Ick hab euch schon mal gesacht: Vascheißern kann ick mich alleene. Blöde Tricks. Haut ab.
Er schrammt die Tür zu.
Die drei gehen zurück auf die Straße. Die Ausfahrt zur Straße wird blockiert von einem Jaguar, der die ande-

ren dicht an dicht geparkten Wagen deutlich abstinken läßt.

Kanzlei. Büro Isenthal

Die Cowboys und Barbara mit dem Finger bei der Isenthal im Büro.
Senta kommt.
Senta: Er liegt in der Charité. In der Chirurgie.
Die Isenthal: Und was ist mit dem Finger?
Senta: Zu spät. Sowas muß sofort passieren.
Der Kleine: Du steckstn in Mund und rennst los zum Arzt, dann is noch was zu machn. Sonst is aus. Hattn wa ma in Knast. Weeßte noch.
Der Große: Brandenburg oder Neustrelitz. Man sollte nich glooben, wie schnell son Finger ab is, besonders der kleene. Bei dem Typ in Neustrelitz isset beim Fenstaputzen passiert.
Der Kleine: Der steht uff de Leita, putzt dit Obalicht, die Leita rutschn weg, er klammert sich gerade noch ans Fensta, mitm kleenen Finga, er liecht unten – der Finga alleene oben. Der hat jeblutet wien ... na ja.
Die Isenthal: Barbara! Hol doch mal was für den Finger.
Barbara: Und was habt ihr gemacht.
Der Große: Na, ihm den Finger in Mund und versucht, ins Krankenhaus zu kommen. Aba eh dit in Knast so läuft, wart ville ssu spät.
Der Kleine: Du kannst ooch ohne kleenen Finga lebn. Du kannst noch ohne ville mehr lebn. Du kannst beinah mit janischt leben. Hauptsache, du lebst.
Barbara geht etwas für den Finger holen
Der Große: Ihre Kleene is kuul, dit gloobste nich.
Der Kleine: Fernsehn hat ooch sein Jutet und Videos. Härtet ab.

Charité. 23. Etage

Herrlicher Blick über die Stadt. Die Raucherecken und Besuchszimmer liegen so, daß sie einen Schwenk von fast hundertachtzig Grad erlauben.
Peter Steinke mit verbundener rechter Hand kommt. Auf ihn warten die Isenthal und Barbara. Barbara hat einen hölzernen Federkasten bei sich. Den hat sie mit einem Gummi verschlossen. Steinke ist erfreut über den Besuch.
Steinke: Wie kommt denn das?
Barbara: Ich bring dir deinen Finger. Er lag unter der Rikscha.
Steinke: Ich dachte, den hätten längst die Katzen gefressen. Wahrscheinlich sind sie nicht ran, weil ich sie füttere.
Er nimmt den Federkasten entgegen, ohne ihn aber zu öffnen.
Barbara: Was machst du jetzt mit deinem Trick?
Steinke: Stell ich um auf links. Kein Problem.
Barbara: War das ein Unfall?
Steinke: Ja. Arbeitsunfall. Ich wollte die Rikscha reparieren. Ich hab die Kette nicht runtergekriegt, und plötzlich war mein Finger zwischen Rad und Kette und zack! Passiert mir öfter, sowas. Eigentlich ein Wunder, daß das mit dem Finger erst jetzt passiert ist. Ich bin schon mal ertrunken, vom Balkon gefallen, beide Arme ausgekugelt, pilzvergiftet, das geht nur so. Aber ich hab sieben Leben.
Barbara: Und was hast du gemacht, als der Finger ab war?
Steinke: Geblutet! Ich hab mich verbunden und bin hierher.
Barbara: Zu Fuß.
Steinke: Is ja nicht weit.
Barbara: Man soll den Finger in den Mund stecken.
Steinke: Ich weiß. Aber ich war doch ein bißchen hektisch wegen dem Blut. Unterwegs ist es mir dann eingefallen, aber da wollte ich nicht mehr zurück. Außerdem

stell dir mal vor, ich mit meinem Finger im Mund durch die Straßen! Ich komm auch ohne kleinen Finger durch. Hab ja noch neun.
Die Isenthal ist nicht ohne Reaktion, aber doch stumm dem Dialog gefolgt.
Die Isenthal: Und das da im Gesicht?
Denn Steinke hat verschorfte Abschürfungen im Gesicht.
Steinke: Das ist eine andere Sache.
Barbara: Der Unfall mit der Rikscha. Von irgendwas muß die ja kaputt sein.
Steinke: Ja.
Die Isenthal: Schlimm?
Steinke: Es ging. Eigentlich wars auch kein Unfall. Mehr ne Klopperei.
Die Isenthal: Doch nicht mit Konkurrenten?
Steinke: Iwo. Bis jetzt hab ich das Monopol.
Die Isenthal: Ich dachte. Weil ja auch die Rikscha defekt ist.
Steinke: Da hat sich einer dran ausgetobt.
Barbara: Mit dem du dich gekloppt hast?
Steinke: Ich hab mich nicht mit dem gekloppt. Mit wem kann ich mich schon kloppen. Außerdem kann ich kloppen nicht ab. – Er hat mich gekloppt. Son Kapenzmann.
Er deutet die Größe seines Gegners an.
Steinke: Und dann hat er die Rikscha zerlegt.
Barbara: Kann er Rikschas nicht leiden?
Steinke: So Leute können meistens gar nichts leiden – außer sich selbst. Und wenn dann noch ein bißchen zuviel Blutdruck dazukommt und ne Provokation, kloppen Sie.
Die Isenthal: Haben Sie ihn denn provoziert?
Steinke: Leider ja. Er stand mir mit seinem Auto im Weg. Son Engländer. Und war ja auch alles friedlich, zuerst. Ich wollte auf den Hof fahren, kam aber nicht rein. Hatte einer seinen Schlitten direkt vor die Einfahrt geparkt, eben den Engländer, und drumrum kam ich auch nicht. Auch alles Autos. Vor der Kneipe stand einer, son Ka-

penzmann, und ein Pulk Frauen um ihn rum, ziemlich goldbehängt alle, der Typ übrigens auch. Heißt Norbert.
Barbara: Kenn ich. Ein Loddel. Das Auto heißt Jaguar. Steht immer da.
Steinke: Alles richtig.
Die Isenthal: Woher kennst du Loddels und so?
Barbara: Mensch, Mama! Das ist mein Schulweg.
Die Isenthal: Nicht unbedingt. Außerdem sind doch Loddels nicht tagsüber auf der Straße.
Barbara: Loddels schon. Nutten selten.
Steinke: Auch richtig. Ich frag ihn, ob das sein Auto ist und ob er das mal freundlicherweise ein Stück rücken kann, damit ich durch kann mit der Rikscha. Der hat mich gar nicht gesehen! Ich war einfach Luft für den. Ich hab ihn nochmal gefragt – wieder nichts. Und dann hab ich den Fehler gemacht. Ich hab ihn wortwörtlich gefragt: Ehj, du, in deiner nazibraunen Hose, ist das deine dreckige Scheißkarre, die da in der Einfahrt steht? Kannste die da mal wegnehmen?! Damit er mich überhaupt bemerkt. Hat auch geklappt: Verpiß dich, du rote Socke! Die Frauen haben gekichert. Aber weggenommen hat er ihn nicht. Glücklicherweise fuhr der Wartburg vor seiner Karre weg, und ich konnte durch. Und das wars dann.
Die Isenthal: Was war?
Steinke: Als ich mitten im Durchgang war, war er plötzlich da, hat mir ohne ein Wort ein paar verpaßt, ich bin gegen die Wand geflogen, und er hat sich über die Rikscha hergemacht, hab ich noch nicht gesehen sowas. Wenn er sich noch weiter mit *mir* befaßt hätte – hätte ich verstanden. Das mit der nazibraunen Hose war zuviel. Aber warum die Rikscha?! Ich bin zwar dazwischen, aber keine Chance. Dann kam irgendwann eine Frau aus dem Hintereingang und hat ihn in die Kneipe gezogen.
Barbara: Und du?
Die Isenthal: Sie sind nicht zur Polizei!
Steinke: Doch. Ich hab ihn angezeigt wegen Körperverletzung und Sachbeschädigung. Die haben mich zum Arzt

geschickt. Und dann kommt ein Schreiben vom Staatsanwalt, die Ermittlungen wären eingestellt wegen mangelndem ...
Er holt eine zerknautschte Seite aus der Tasche.
Steinke: ... öffentlichem Interesse an der Verfolgung der Tat. Und es steht mir offen, den Weg der Privatklage einzuschlagen. Hochachtungsvoll.
Die Isenthal fordert das Schriftstück ein, liest es.
Steinke: Und ne Privatklage soll ne Langstrecke sein und teuer.
Die Isenthal: Sie sind da sozusagen Ihr eigener Staatsanwalt und müssen Zeugen und Beweise selber ermitteln und so weiter. Gab es denn Zeugen?
Steinke: Sicher. Die Goldfrauen, die aus der Kneipe, und eine Schusterin auf dem Hinterhof, aber die haben alle nichts gesehen, nur was Undeutliches gehört.
Barbara: Ham Schiß.
Steinke hebt die Schultern.
Die Isenthal: Kann ich das mal haben?
Steinke gibt ihr den Brief des Staatsanwalts.
Steinke: Sicher, aber was solls? Ich hätte ihn eben nicht provozieren dürfen.
Die Isenthal: Für die nazibraune Hose haben Sie die rote Socke gekriegt. Damit stands eins zu eins. Aber dann kam ja noch was!
Barbara: Was machst du jetzt mit deinem Finger?
Steinke: Wenns nicht so teuer wär, würde ich ihn regelrecht verbrennen lasse, aber so werde ich mich wohl für eine eigenhändige Bodenbestattung entscheiden. Im engsten Familienkreis nebst Anzeige im Kiezblatt: »Nach langjährigen treuen Diensten verließ mich infolge Verkettung unglückseliger Umstände mein kleiner Finger rechts. Ich werde dich immer vermissen. Dein Peter.«
Barbara: Hast du denn Familie?
Steinke: Ja, aber weit verstreut. Wir sind alle irgendwie Nomaden.
Barbara: Dann bin ich bei dir.

Im Dienstgebäude der Generalstaatsanwaltschaft

Ein nobles altes Dienstgebäude. Nobel geht es auch zu.
Die Isenthal registriert es und kommentiert es stumm.
Auch die Sicherherheitsvorkehrungen.
Sie betritt ein nobles Vorzimmer mit nobler Sekretärin.
Die Isenthal: Ich habe einen Termin bei ...
Die Sekretärin: Ihr Name war bitte?
Die Isenthal: Meine Name ist Isenthal.
Die Sekretärin: Die Frau von ... Entschuldigung!
Gleichzeitig meldet sie die Isenthal an. Im nächsten Zimmer wird die Isenthal von einem korrekten jungen Mann in Empfang genommen und ins nächste Zimmer geleitet.
Davor wird ihr noch mitgeteilt: Mein Chef, wenn ich Ihnen das sagen darf, ist kein Freund vieler Worte, vor allem keiner, die er für überflüssig hält.
Dann steht sie dem Generalstaatsanwalt gegenüber, der sie stehend erwartet. Er setzt sich mit ihr, ohne viel Worte zu machen, in eine Sitzgruppe der Oberklasse. Der Mann sieht sie erwartungsvoll an. Die Isenthal gibt ihm jenen zerknitterten Brief, den Steinke von der Staatsanwaltschaft bekommen hat.
Die Isenthal: Der Einfachheit halber.
Der Mann liest.
Die Isenthal: Ich kann nicht finden, daß Ihre Abteilung da korrekt vorgegangen ist. Oder sollten auch Sie der Meinung sein, daß es nicht von öffentlichem Interesse ist, wenn ein Mensch in dieser Stadt am hellerlichten Tag praktisch krankenhausreif geschlagen wird und anschließend sein einziges Erwerbsmittel zerstört wird?
Der Staatsanwalt: Ihrem Ansatz stimme ich zu. Sollten hier Fehler gemacht worden sein – und wer ist fehlerfrei –, werden sie korrigiert, das heißt, wir beantragen eine Wiederaufnahme des Verfahrens.
Warum in diesem genau richtigen Moment die Tür auf-

geht und der korrekte junge Mann ins Zimmer kommt, bleibt ein Geheimnis.
Der junge Mann erhält den Brief und die Bemerkung: Lassen Sie das bitte überprüfen! Berichten können Sie schon morgen.
Der Isenthal streckt er seine Hand hin, und das wars dann schon.
Im ersten Vorzimmer fragt sie der junge Mann: Wieviel Worte waren es?
Die Isenthal: Siebenundzwanzig genau, davon zwei Dreisilber.
Der junge Mann: Bei mir zehn, macht siebenunddreißig. War ein harter Tag heute schon. Da wird er geschwätzig.
Die Isenthal: Reden ist Schweigen. Silber ist Gold.
Der junge Mann grinst: War das von Ihnen?
Die Isenthal: Iwo. Aber sowas muß man parat haben.

Friedhof

Steinke und Barbara bei der Beerdigung des Fingers. Sie behandeln den Federkasten wie einen regelrechten Sarg. Eine Grube haben sie schon ausgehoben. Sie legen den Kasten ins Grab. Barbara legt ein Blümchen darauf. Steinke bröselt einen Krümel Erde auf den Deckel. Dann schütten sie zu.
Steinke: Aus Erde bist du entstanden, zu Erde sollst du werden.
Barbara: Das Leben ist aus dem Wasser gekommen, sagt unser Biolehrer.
Steinke: Dann müßten wir jetzt exhumieren und an die Spree gehen.
Barbara: Das machen wir dann beim nächsten. Dir passiert doch immerzu sowas.
Steinke: Okay.
Barbara: Grabstein haben wir auch vergessen!
Sie geht und holt einen Feldstein.

Dann ist da ein Friedhofsverantwortlicher: Was machen Sie denn da?
Steinke: Wir haben meinen kleinen Finger beerdigt.
Der Mann mustert ihn und auch Barbara lange.
Barbara: Können Sie glauben.
Der Mann: Liegen Sie in der Charite?
Steinke: Tu ich.
Der Mann: Psychiatrie?
Steinke: Genau.
Der Mann: Ach so.

Hinterhof, auf dem Steinke wohnt

Die Isenthal redet durchs Fenster mit der Schusterin, die ihre Werkstatt im Hof hat.
Die Isenthal: Aber die Sache hat sich doch noch während Ihrer Arbeitszeit abgespielt! Direkt vor Ihrem Fenster. Alles ist einsehbar von hier aus!
Die Schusterin: Mag ja sein. Aber ich kann ja nicht den janzen Tach auf mein Hocker hier sitzen. Muß ja ooch mal meine Kunden bedienen, ville sinds eh nich. Is ja nich mehr wie früher. Jetzt mußte flitzen, wenns klingelt. Kunde is König, und Könige warten nich jerne. Was machen Sie denn, wennt klingelt?
Die Isenthal: Ich flitze.
Die Schusterin: Na, sehnse.
Die Isenthal: Überlegen Sie noch mal genau!
Die Schusterin: Da hilft keen Überlegen.
Die Isenthal: Der Herr Steinke, ist der auch Kunde bei Ihnen?
Die Schusterin: Issa wohl! Als er mir zum ersten Mal von seiner Ritschka erzählt hat und wassa damit vorhat, hab ick mir gleich jesacht: Der wirdn Superkunde. Wat der für Schuhsohln abloofen wird. Denn barfuß wird er nich loofen, obwohl bei Steinke weeß man nich. Der spinnt oochn bißchen. Musset ja ooch jeben, sone Leute. Aba im

Winta wird er ja nich barfuß loofen können! Ick meine: Jeda is nu ma sich selbst der Nächste. Sie als Rechtsanwalt teilen die Leute ja ooch nach Klient ein, oda nich.
Die Isenthal: Das ist allerdings ne Fahrradrikscha.
Die Schusterin: Denken Sie bloß nicht, Radfahrn jeht nich uff die Schuhe.
Die Isenthal: Und jetzt ist sie kaputt.
Die Cowboys flanieren unauffällig über den Hof.
Die Schusterin: Die könnten sich ooch ma ihre Stiefeletten sanieren lassen.
Die Isenthal: Und jetzt ist sie kaputt.
Die Schusterin: Ick versteh Sie ja. Aba vastehn Se mir doch ooch ma! Norbert, Nobse, wie wa ihn nannten, als er noch kleen war und hier uffn Hof rumjerannt is, und wie ihn seine Freunde heute noch nenn, mit dem is nich zu spaßen, früha nich und heute nich. Irgendwann inne achtziger issa weg, direkt ausn Knast, ausjekooft, warn wa froh, war endlich richtich Ruhe hier im Karton. Imma, wenna in Knast war, war Ruhe, und imma, wenna wieda draußen war, war Remmidemmi. Und dann wara plötzlich wieda da nachn Mauafall. Und jetzt jehörtn hier allet, der janze Bau mit alle Höfe, inklusive mein Laden. Jeerbt, wiet heißt. Dem trau ick zu, dassa wejen dit Haus seine Alten umjebracht hat, denn so alt könn die noch ja nich jewesen sind. Und wenn der will, bin ick alle. Der brauch doch bloß die Miete um zweehundert Mark zu erhöhen, und schon isset passiert. Und denn steh ick da mit mein janzet Menntschmentbeiaut, wennse wissen, wat dit is. Wenn man sich den Laden kooft, in dem man so lange angestellt war. Dit hier war PGH Hans Sachs.
Die Isenthal: Sie haben gesehen, was passiert ist!
Die Schusterin: Ick hab allet jesehen.
Die Isenthal: Aber vor Gericht würden Sie nichts sagen?
Die Schusterin: Vastehn Se mir doch! Der macht mir platt! Der macht alle platt, die wat sagen!

Die Isenthal – im Hintergrund immer die Cowboys – und eine Gruppe von grellen Frauen. Es ist kurz vor Geschäftsbeginn. Sie stehen in unmittelbarer Nähe des »Rikscha-Tatortes«. Vor der Einfahrt zum Hof steht Norberts Jaguar.
Die Isenthal: Und da, wo jetzt der Wagen steht, der Jaguar, stand der Wagen von Norbert, oder ist er das sogar?
1. Frau: Keine Ahnung. Ich war an dem Tag krank.
2. Frau: Und wenn er da gestanden hat, dann nur für einen Moment.
3. Frau: Ich interessiere mich nicht für Autos. Mehr für den Mann drin.
Die Isenthal: Aber den Mann mit der Rikscha, den haben Sie kommen sehn.
4. Frau: Ich hab schon manchen kommen sehn, aber einen mit ner Ritschka?
Die Isenthal: Es hat einen Wortwechsel gegeben.
1. Frau: Wir haben so rumgeredet.
Die Isenthal: Zwischen Norbert und dem Mann von der Rikscha.
3. Frau: Ich glaube, die haben sich über Autos unterhalten, und ich interessiere mich nun mal nicht für Autos.
Mittlerweile steht Norbert in der Kneipentür, von den Frauen sehr wohl bemerkt.
Die Isenthal: Sind die Worte »dreckige Karre« gefallen?
1. Frau: Ich glaube ja. Ich habe mich noch gewundert, daß Nobse, Norbert, das so hingenommen hat. Auf sein Auto läßt er eigentlich nichts kommen.
Norbert löst sich von der Kneipentür.
1. Frau: Aber er ist eben ein sehr zurückhaltender Mensch.
Die Isenthal: Und ist er so zurückhaltend geblieben?
Norbert: Und was ist das jetzt hier eigentlich? Ne Volksbefragung?
Die Isenthal: Es geht um Faustschläge und Fußtritte und

Zerstörung einer Rikscha und um die Sicht der Zeugen zu diesem Vorgang.
Norbert: Das ganze sogenannte Verfahren ist doch eingestellt, gute Frau! Warn doch alles Behauptungen von dem Kloon. Der wollte doch bloß zu Kohle kommen für sein hinterindisches Gerät, das er sich sonstwo zerledert hat! Aber doch nicht mit unsereins! Und was für Zeugen? Die Damen hier?
Die Isenthal: Immerhin hat eine von ihnen bereits bezeugt, daß Sie mit Herrn Steinke geredet haben, über Autos. Das ist eine neue Aussage. Haben Sie bisher bestritten.
Norbert: Kommen Sie mir nicht so! Wir sind doch hier nicht vor Gericht. Hier kann jeder alles sagen, und das nützt Ihnen null.
Die Isenthal: Wir sind nicht vor Gericht, aber unter Zeugen.
Sie meint die Cowboys. – Norbert denkt nach.
Die Isenthal: Vorbestraft sind Sie reichlich. Sollten Sie eigentlich wissen, daß eingestellte Verfahren auch wieder aufgenommen werden können. Und daß in dem Fall Zeugenbedrohung was mit Verdunklungsgefahr zu tun hat. Und daß das wieder zum Haftbefehl führen kann.
Der Kreis der Norbertschen Damen löst sich auf.
Norbert: Wer bedroht denn hier wen?
Die Isenthal: Ich mach Ihnen einen Vorschlag: Zahlen Sie Schmerzensgeld für die Körperverletzung, und kommen Sie für die Reparatur der Rikscha auf, und Sie sparen sich viel Ärger. Ich könnte mir vorstellen, daß mein Mandant mit 30 000 alles in allem einverstanden sein würde.
Norbert: Ich sag Ihnen was: Sacken Sie Ihre komischen Kuhjungen da ein, Ihre Ersatzrussen, und räumen Sie das Revier. Langsam ist das eine Geschäftsschädigung hier.
Die Isenthal: Auch darüber könnte man sehr wohl reden. Prostitution ist zwar nicht verboten. Aber Förderung. Aber Zuhälterei.
Norbert: Nich so! Wenn ich Revier sage, meine ich den Platz vor meinem Restaurant. Der Zoff schreckt mir die

Kunden ab! Sie haben nicht die Bohne was in der Hand. Und ehe unsereins eine Mark löhnt, von dreißig Mille mal ganz abgesehen, wissen Sie, was da passiern muß?
Die Isenthal: Ja.

Wohnung Lena

Axel sitzt hinter seinem Keyboard. Er bedient Tasten und Knöpfe – aber kein Ton kommt aus den Boxen. Es klingelt. Axel setzt ab. Im Korridor trifft er auf Lena. Beide sind in Strümpfen. Sie haben einen fest verabredeten Plan. Axel läuft zur Balkontür und wartet, was Lena durch den Spion sieht.
Lena geht zur Wohnungstür. Durch den Spion sieht sie Liebling.

Treppenhaus vor Lenas Wohnung

Liebling: Seh ich aus wie ein Feldjäger?

Wohnung Lena

Lena geht zu Axel.
Lena: Robert der Liebling.
Sie verschwindet in einem ihrer Zimmer. Axel öffnet für Liebling.
Liebling: Ich grüße meinen Mandanten, den überzeugten Totalverweigerer, Ökopazifisten und Anarchosyndikalisten Axel Isenthal. Fehlt da noch was?
Axel: Hab nicht mitgezählt, aber danke, daß Sie mich vertreten wollen.
Liebling: Sprach einfach mehr dafür als dagegen. Zum Beispiel deine Mutter, schönen Gruß, deine Schwester, dito, Senta, Lenalein. Die Frauen eben.

Axel: Und Sie?
Liebling: Ich bin Anwalt. Und zwar einer von den besseren.
Sie wechseln ins Zimmer mit dem Keyboard. Liebling bewundert die Anlage, die nagelneu ist.
Axel: Gesponsort.
Liebling: Den Seinen gibts der Herr im Schlaf.
Axel: Womit Sie Beischlaf meinen. Wenn Sie wollen, versichere ich Ihnen an Eides statt, daß meine Beziehung zu Lena nichts mit Sex zu tun hat. Ich bin hier Asylant. Und sie ist eine tolle Frau.
Liebling: Nicht sehr konspirativ.
Gemeint ist Axels Anlage. Axel fährt einmal über alle Tasten – kein Ton.
Liebling: Wenn ich Lena richtig verstanden habe, hast du dich von den Franziskanern wieder getrennt – innerlich. Vielleicht schade. Angenehmer Orden. Kein Zölibat, soviel ich weiß.
Axel: Trotzdem. Kirche war in der DDR ne gute Adresse für Verweigerer. Die hat dafür gesorgt, daß bei uns keiner mehr wegen Verweigerung verurteilt wurde. Außerdem will ich einfach nicht kneifen.
Liebling: Muß ich dir sagen, was dann auf dich zukommt, oder bist du informiert?
Axel: Knast und nochmal Knast, bis ich achtundzwanzig bin.
Liebling: Insgesamt ein Jahr, etwa so viel, wie der brave Mann normalerweise dient. Und so ist das auch gedacht.
Axel: Aber erst mal auf Bewährung.
Liebling: Ein halbes Jahr, zwei Jahre Bewährung ist der neueste Stand. Da haben wir dann vielleicht eine Berufsarmee.
Axel: Glauben Sie noch an Hühner?
Liebling: Ich glaube an die Freiheit und Unantastbarkeit des Menschen, daran, daß die moderne Demokratie von allen miesen Möglichkeiten die beste ist, je moderner, desto mieser, an die Strafprozeßordnung und daß das Fahrrad

das Fortbewegungsmittel der Zukunft ist. Und an Götterspeise.
Axel: Wolln Sie welche?
Liebling versteht nicht.
Axel: Lena hat immer welche im Kühlschrank.
Liebling: Lena hält Götterspeise für Kinderkram, wenn nicht Gift.
Axel: Mann! Die ist für Sie! Falls Sie mal kommen oder so.
Liebling liefert eine Verlegenheitsgeste.
Axel: Wollen Sie nu?
Liebling: Jetzt nicht. – Sagt dir das Wort Sakima was? Das ist das, was du dir unfehlbar in Siebeneichen zuziehst.
Axel: Sand- und Kiefernmacke. Kennt doch jeder.
Liebling: Und einundzwanzig Tage Arrest. Dann bieten sie dir Zivildienst an.
Axel: Wissen Sie, warum ich eigentlich, außer allem anderen, nicht zur Fahne will?
Liebling: Das heißt jetzt zum Bund.
Axel: Weil ich mir vorstell, ich muß da nach der Pfeife von irgendeinem Major tanzen, der eben noch bei der Fahne gewesen ist. Zur Erfüllung unserer Kampfaufgaben an der vordersten Linie zur imperialistischen Bundesrepublik in treuer Ergebenheit zu Partei und Regierung unseres Arbeiter-und-Bauern-Staates sind wir jederzeit bereit. Es lebe der Generalssekretär und Vorsitzende des Staatsrates unserer Partei. Hurra! Hurra! Hurra! Was brüllt der eigentlich jetzt?
Liebling: Gute Frage.
Axel: Was muß ich eigentlich machen, um mich zu stellen?
Liebling: Du gehst aufs nächste Revier und sagst deinen Namen. Den Rest erledigen die dann. Du kannst aber auch gleich nach Siebeneichen. Das könnte deinen Major gnädiger stimmen. Über Revier allerdings ist es billiger. Keine Fahrtkosten. Das übernehmen die.
Axel: In Handschellen?

Liebling: Eher nicht.
Axel: Na denn!
Die Tür geht auf. Lena.
Liebling: Was hättet ihr eigentlich gemacht, wenn ich die Feldjäger gewesen wär?
Lena: Dann wäre Axel auf dem Balkon gewesen und von da aufs Dach, von da aufs Nachbardach. Haben wir alles probiert.
Axel: Wenns euch nicht stört, würde ich jetzt lieber ein paar Griffe runterkloppen. Is ja egal jetzt.
Lena: Mach nur.
Sie geht. Auch Liebling erhebt sich. Auf dem Korridor zögert er vor Lenas Zimmertür, dann klopft er, wartet aber auf kein Herein.

In Lenas Zimmer

In dem Moment kommen Axels »runtergekloppte Griffe« – zartester Mozart.
Lena: Setz dich doch eine Sekunde. Oder brennt was an?
Liebling: Was machst du denn mit dem schlauen Kasten?
Gemeint ist ein Computer, den Lena in Griffweite hat. Gleichzeitig setzt sich Liebling unauffällig.
Lena: Dreimal darfst du raten. – Spielen, was dachtest du? Schreiben? Mein Leben mit Robert Liebling, dem Anwalt der Entrechteten? – Ich seh das als eine Art Therapie. – Was machen eigentlich deine Füße? Wieder tiefgefroren, von den Gerichtssälen?
Liebling: Das ist nun mal so.
Lena: Kannst sie ja unter meine Decke stecken, unters Heizkissen.
Liebling: Vier Füße unter einem Kissen?
Lena: Und deine Libido? Auch tiefgefroren?
Liebling: Keine Ahnung. Die ist irgendwo in Urlaub, ich weiß leider nicht wo. Sonnt sich an südlichen Stränden.

Lena: Ist sie bloß in Urlaub, oder hat sie gekündigt?
Liebling weicht aus: Was spielst du denn so?
Lena: Mit Libido hab ich nichts. Aber mit Sport, mit Autos, mit ...

Kanzlei

Senta an ihrem Arbeitsplatz. Es klingelt. Senta öffnet die Tür. Im Raum steht ein ausgesucht gekleideter Mann, parfümiert, um Seriosität bemüht – und doch schmierig.
Der Mann: Zu Frau Isenthal, bitte?
Senta: In welcher Angelegenheit?
Der Mann: In der Sache Steinke. Ich vertrete Herrn Küper.
Er überreicht eine auffällige Karte.
Senta: Na, da wolln wir mal schaun.
Der Mann: Ich bitte darum.

Büro Isenthal

Senta: Fall Rikscha! – Aber gleich Fenster auf!
Sie macht ein Fenster auf. Dann läßt sie den Mann herein.

Sentas Arbeitszimmer

Wieder in ihrem Zimmer, reißt Senta sofort alle Fenster auf.
Liebling kommt aus seinem Büro. Er schleppt an seiner prallen Anwaltstasche. Er verzieht das Gesicht. Senta deutet auf das Büro der Isenthal.
Liebling: Entwirf doch mal son Piktogramm für uns: Eindieseln verboten.
Senta: Was fürn Gramm?

Liebling: Son Bild für Analphabeten. Sonst was?
Senta: Nö, außer daß Sie demnächst vielleicht nicht uffs Radfahren verzichten brauchen – und trotzdem keene Probleme mit ihrm Aktenkoffer haben.
Liebling: Hast du mir einen Anhänger bestellt?
Senta: Ne Rikscha vielleicht, mit Fahrer.
Liebling: Senta, du hast ziemlich viel Freiheiten bei uns, und ich steh dazu, aber wenn du mit Kübeln anfängst im Dienst – kenn' ich kein Pardon!
Senta: Suchst du Recht in deinem Fall, geh zu Liebling und Isenthal! Sie wern schon sehn.

Büro Isenthal

Küpers Anwalt: Mein Mandant wird erklären, daß er an diesem Tage schon ziemlich alkoholisiert war wegen einer Firmenfeier und daß, wie meist in diesem Fall, sein cholerisches Temperament mit ihm durchgegangen ist, so sehr, daß er sich danach selbst nicht mehr an alle Details der Prügelei erinnern konnte. Ich habe in diesem Punkt auch einen Gutachter angesprochen. Das ist ein Geständnis und dürfte Haftverschonung nach sich ziehen, zumal mein Mandant weiterhin erklären wird, daß er zur Wiedergutmachung bereit ist. Zwanzigtausend.
Die Isenthal: Vierzigtausend.
Der Anwalt: Sehr verehrte gnädige Frau Kollegin! Ich dächte doch, daß Ihr Mandant durchaus an einer angemessenen Entschädigung interessiert ist. Also überstrapazieren Sie nicht unseren gute Willen. Fünfundzwanzigtausend.
Die Isenthal: Fünfunddreißigtausend.
Der Anwalt: Wir sind uns doch einig darüber, daß wir hier über einen Vergleich verhandeln. Und bei uns im Westen gehen wir traditionell davon aus, daß ein Vergleich darin besteht, daß man sich wechselseitig entgegenkommt. Dreißigtausend.

Die Isenthal hat eine womöglich scharfe Erwiderung auf der Zunge – beherrscht sich aber.
Die Isenthal: In bar.
Der Anwalt: Versteht sich. Er fördert aus seinem goldbeschlagenen Attachékoffer Geldpakete auf den Tisch.
Der Anwalt: Fünfzehntausend, die anderen fünfzehntausend nach Haftentlassung. Mehr habe ich jetzt nicht bei mir.
Die Isenthal akzeptiert und quittiert.

Sentas Zimmer

Die Isenthal begleitet Küpers Anwalt zum Ausgang.
Der Anwalt: Bis demnächst, gnädige Frau Kollegin.
Senta und die Isenthal atmen beide auf. Die Isenthal zeigt auf die Geldpakete auf ihrem Tisch.
Senta: Dafür würde ick mir ooch mal ne paar langen lassen. Der Steinke springt doch glatt an die Decke.
Die Isenthal: Bloß nicht. Dabei zieht er sich einen Schädelbruch zu. Das müssen wir ihm sachte beibringen. Ich würde beinahe sagen, das macht Barbara. Oder du.

Hinterhof von Küpers Kneipe

Senta und Barbara gehen in Richtung Remise. Der Raum steht offen und ist leer.
Barbara: Weit kann er mit der Rikscha nicht sein.
Senta: Und wenn er sie repariert hat?
Barbara: Die reparierst du nicht so schnell! Die sah aus wie nach nem schweren Unfall. Schon mal die Speichen. Das sind ja keine Fahrradspeichen wie unsere. Die sind fast so dick wie kleine Finger. Kriegst du wahrscheinlich nicht in Europa. Mußt du importieren.
Sie gehen den Weg zurück. In einer Hofecke, nicht weit von den Mülltonnen, steht etwas unter einer alten Plane.

Barbara nimmt die Plane weg – die Rikscha, nach wie vor zerledert.
Senta: Willa se wegtun, aufn Schrott?
Barbara: Wozu dann die Plane?
In dem Moment redet sie jemand an: Hallo!
Senta fährt zusammen.
Barbara: Was soll das mit der Rikscha? Willst du die wegschmeißen?
Peter: Kein Stück. Aber der verlangt Miete für die Remise, und die kann ich nicht zahlen.
Barbara: Was ist mit deinem Knie?
Durch Peter Steinkes löchrige Jeans ist ein Verband zu sehen.
Peter: Das war bloß heißes Wasser. Ich wollte mir Tee machen – da springt die Kanne.
Er freut sich.
Barbara: Was ist da zu lachen.
Peter: Wieder was abgehakt, was mir passieren kann. Zweimal dasselbe kommt nämlich nicht vor. Und Verbrühungen können auch viel schlimmer sein.
Senta: Ooch jut.
Barbara: Daß Norbert im Knast war, weißt du?
Senta: Dit jeht uff dit Konto meiner Chefin. Die war extra deswegen beim Generalstaatsanwalt.
Peter: Und jetzt ist er wieder da.
Senta: Aber nur Haftverschonung. Prozeß folgt. Und dann ist da noch was. Wir brauchen von Ihnen ne Prozeßvollmacht, die is wichtig.
Sie hat das Formular bei sich. Peter Steinke unterschreibt.
Barbara: Wieviel kostet es, die Rikscha wieder in Ordnung zu bringen, daß sie fährt?
Peter: Keine Ahnung. Habs sowieso nicht.
Senta: Zweitausend?
Peter: Nie im Leben. Die Hälfte vielleicht.
Barbara: Was würdest du machen, wenn du viel Geld hättest? Dreißigtausend?
Peter: Warum soll ich darüber nachdenken?

Barbara: Die Rikscha reparieren?
Peter: Gut.
Barbara: Und die Remise mieten?
Peter: Damit der Küper das Geld kriegt?
Senta: Die Rikscha können wir auch auf unsern Hof zerren.
Peter: Die fährt doch nicht.
Senta: Ich sag ja: zerren. Dit könn ja die Cowboys machen.
Barbara: Und mit den anderen neunundzwanzig, was würdest du da machen?
Peter: Hör doch auf. Geld macht bloß Probleme und frißt den Menschen auf. Fängt ja schon an, und wir reden bloß darüber. Ich würde für meine Kinder bezahlen. Fünf. Zwei Mädchen.
Senta: Das sind erst mal zwei Mille für die Rikscha, so war meine Schätzung. Der Rest liegt bei uns im Tresor. Hat meine Chefin für Sie ausjehandelt.
Sie hat einen Packen Blaue aus ihrem Pullover geholt. Peter Steinke schließt die Augen. Als er sie wieder aufmacht, fragt er: Kein Traum?
Senta steckt ihm die Scheine in seine Kuttentasche.

Kanzlei

Nach Mitternacht. Das Telefon geht. Liebling und die Isenthal stürzen aus ihren Zimmern, so, wie sie aus dem Bett kommen.
Liebling: Wir sollten uns mal einen Dienstplan machen, wer in welcher Nacht rangeht.
Die Isenthal: Oder uns Apparate in die Zimmer legen lassen.
Kurze Irritation darüber, wer den Hörer nimmt – dann ist es die Isenthal.
Die Isenthal: Anwaltskanzlei Liebling – Isenthal, Berlin. ... Ich höre ... Ja? ... Ich verstehe ... Tatsächlich? ... Sagen

Sie das bitte noch mal! ... Keine Verwechslung? ... Wo? ... Sagen Sie, wir kommen.
Und zu Liebling: Stehn Sie gut? Axel und Lena sind festgenommen. Wegen Betäubungsmittelbesitz.
Und jetzt setzt sie sich selber.
Liebling: Nur wegen Besitz oder auch Handel?
Die Isenthal: Hörte sich nur nach Besitz an.
Liebling: Betäubungsmittel gibts viele. Welches und wieviel?
Die Isenthal: Ich war zu perplex. In so guten Händen scheint er denn doch nicht zu sein.
Liebling: Lena ist ein Miststück.

Vor dem Isenthal-Haus

Liebling und die Isenthal bugsieren sich in den Trabant.
Die Isenthal: Wer übernimmt wen?
Liebling: Sag dus! – Entschuldigung.
Die Isenthal: Bleiben wir doch einfach dabei. – Vielleicht mach ich besser Lena?
Liebling: Jetzt kann folgendes passieren: Sie haben Axel im Fahndungsbuch. Er ist ja fahnenflüchtig. Ob ich ihn dann rauskrieg, ist zweifelhaft. Wenn nicht, ist er spätestens morgen früh bei den Feldjägern, und übermorgen steht er vor seinem Kommandeur, und dann müssen wir weiter sehen.
Sie starten.

Kripo

Die Isenthal bei Lena. Lena wirkt ruhig, ist eher amüsiert.
Lena: Entschuldigen Sie die blödsinnige Tageszeit, aber wir hängen hier schon eine ganze Weile, und nichts bewegt sich.

Die Isenthal: Haben Sie etwas ausgesagt?
Lena: Kein Wort, und Axel auch nicht. Soviel weiß ich doch. Gibt ja auch nicht viel zu erzählen. Es war der reine Zufall. Zivile Razzia, und wir sind reingeraten. Bei mir haben die gar nichts gefunden, bei Axel siebeneinhalb Gramm.
Die Isenthal: Hasch?
Lena: Hasch! – Koks. Und bei mir ein paar kleinere Scheine. Jetzt behaupten sie, wir hätten Handel getrieben.
Die Isenthal: Wieviel und welche Scheine?
Lena: Hunderter und Fünfziger. Tausend und paar zerhackte Mark. Für große Scheine verkauft doch keiner was. Ich wollte es Axel bloß mal zeigen. Irgendwann kommt er sowieso drauf, und da ist es besser, jemand ist dabei, der Bescheid weiß. Machen Sie sich Sorgen? – Axel ist nicht vorbestraft, und Robert macht das schon.
Die Isenthal: Und Sie?
Lena: Kein Problem. Mich haben sie nie erwischt.
Die Isenthal: Dann ist es wohl wirklich kein Problem.
Lena: Ich entlaste ihn auch. Das Geld war ja von mir.
Die Isenthal: Das bringt wohl nicht viel.
Sie will aufstehen.
Lena: Ich möchte mit Ihnen über zwei Sachen reden, die irgendwie miteinander zusammenhängen, von Frau zu Frau.
Die Isenthal: Jetzt?
Lena: Das eine ist Axel – das andere ist Robert. Nur um mal anzudeuten, worum es geht. Axel – was Sie kaum wissen können – weiß noch nicht, ob er sich mehr für Frauen oder mehr für Männer interessiert. Ich kann ihn trotzdem gut leiden. Er schmückt eine Frau ungemein. – Und ohne Robert kann ich nicht leben, jedenfalls nicht auf die Dauer. So blöd, wies ist. Und jetzt will ich von Ihnen wissen, welche Chance ich hab.
Die Isenthal: Sollte ich nicht erst mal zur Polizei und die überzeugen, daß sie Sie auf die Straße lassen?

Lena: Ja
Die Isenthal: Von mir aus haben Sie jede Chance.
Lena: Können Sie nicht mit Robert?
Sie ist ungläubig.
Die Isenthal: Ich könnte schon. Aber ich kann nicht.
Lena: Doch nicht, weil Sie verheiratet sind? Der Typ ist doch gar nicht da?
Die Isenthal: Was soll ich machen? So blöd wies ist.

Straße vor der Kripo

Die Isenthal und Lena auf der Straße.
Lena: Was müßte ich eigentlich machen?
Die Isenthal: Im Grunde genommen nichts. Hier kommt nichts nach.
Lena: Ich rede von Robert – nicht von Koks! Was würden Sie machen?
Die Isenthal: Wenn es so kommt, wie Robert sagt, mit Axel, dann hat er es Ihnen zu verdanken, daß er um die Wehrpflicht rumkommt, so komisch, wie sich das anhört.
Lena: Na, schön. Und was bringt mir das?
Die Isenthal: Minuspunkte keinesfalls, denke ich.
Lena: Und bei Ihnen? Wir wollten Abschied feiern, das war alles.
Die Isenthal: Das ist Ihnen ziemlich gründlich gelungen.

Kripo

Liebling bei Axel.
Axel: Warum fragen Sie nicht, was ich mir dabei gedacht hab?
Liebling: Weils mich nicht interessiert. Außerdem würde ich sowas höchstens meine Tochter fragen, aber auch bei der denkt meistens jemand anderes. Die läßt denken. – Was hast du eigentlich dabei denken lassen?

Axel: Lena hat gemeint, eh ich irgendwelche Scheiße baue, um selber was zu verschaffen, macht sies lieber.
Liebling: Und warum hat sies dann nicht gehabt?
Axel: Reiner Zufall würde ich mal sagen.
Liebling: Und warum das alles?
Axel: Aus Neugier! Waren Sie nicht neugierig?
Liebling: Doch. – Legst du eigentlich großen Wert darauf, gleich wieder rauszukommen?
Axel: Nee, ich finds geil hier. Irgendwie irre.
Liebling: Na, schön. Es ist nämlich so – kriegen die hier mit, daß du fahnenflüchtig bist, kanns passieren, daß sie dich festhalten. Fluchtgefahr, du verstehst. Dann bist du in zwei Tagen in deinem Regiment, vor deinem Kommandeur. Der kann dich entlassen – kann, muß nicht –, weil du mit Rauschmittelbesitz und daraus herzuleitendem Genuß ein Vergehen begangen hast. Wenns einer ist, der befürchtet, du könntest auf die andern Kameraden abfärben, dann klappt das. Wenn nicht, müssen wir weitersehen.
Axel: In Uniform sieht mich keiner. Soviel steht mal fest. Dann lieber Knast.
Liebling: So schnell schießen die Preußen nicht.

Raum bei der Polizei

Liebling sitzt einem der Beamten gegenüber.
Liebling: Es handelt sich doch hier ganz offensichtlich nicht um mehr als die vom Gesetz festgelegte nicht geringe Menge von 7,6 Gramm reinem Kokain. Der Junge ist nicht vorbestraft. Die zu erwartende Strafe wegen Betäubungsmittelbesitz ist gering, Fluchtgefahr also nicht gegeben. Was spricht also dagegen, ihn freizulassen, zumal seine Mutti schon draußen auf ihn wartet.
Der Polizist: Aber da liegt noch mehr gegen den jungen Mann vor. Fahnenflucht. Wußten Sie das nicht?
Liebling: Ich weiß alles. Zum Beispiel, daß einer beim Bund

kaum noch ne Chance hat, wenn er erst mal was mit Rauschgift am Hut hatte.
Der Polizist: Das lassen wir dann mal den Bund entscheiden!

Straße vor der Kripo

Liebling kommt aus dem Haus der Kripo. Der Isenthal und Lena, die dort auf der Straße warten, teilt er mit: Nichts zu machen. Er ist im Computer.
Lena: Und, wie packt ers? – Hallo, Robert.
Liebling: Er findts geil. – Hallo.
Die Isenthal: Dann geh ich zu ihm rein. Wahrscheinlich braucht er auch ein Stück Geld! Ich hab bloß nichts ...
Liebling tastet seine Taschen ab. Auch er hat nichts.
Lena hat mehrere Scheine in der Hand: Nicht verzagen, Lena fragen.
Liebling: Wozu? Die Nacht wird er verpflegt von der Polizei. Morgen vom Bund.
Die Isenthal: Ich geh dann. Wartet ihr?
Liebling: Na, sicher. Und reg dich nicht auf – die reißen ihm den Kopf nicht ab. Das ist reine Routinesache für die.
Lena registriert das Du sehr wohl.
Die Isenthal geht.
Lena: Was siehst du mich so an?
Liebling: Ich hab auf die Uhr gesehen.
Lena: Willst du mir mit Moral kommen?
Liebling: Ich denk nicht dran.
Lena: Dann werd ich mir jetzt ein Taxi rufen.
Liebling: 210202
Lena: Misthund.
Liebling: Wau.
Lena: Und wenn dir alles noch mal furchtbar leid tut? Dann kommst du gekrochen. Aber denk nicht, daß dann noch was läuft.
Liebling: Du könntest was für mich tun.

Lena versteht nichts.
Liebling: Du könntest uns nach Siebeneichen fahren. Ria, mich und dich.
Lena: Du hattest mal was mit ihr!
Liebling: Ja, Herr Staatsanwalt.
Lena: Zu meiner Zeit oder davor.
Liebling: Davor, Herr Staatsanwalt.
Lena: Brutzelt da noch was?
Liebling: Nein, Herr Staatsanwalt.
Lena: Was macht deine Libido? Immer noch in Urlaub?
Liebling: Sie hat mir eine Karte geschrieben.
Lena: Okay. Ich fahr euch. Sicher ist sicher.

Vor dem Isenthalhaus

Lena wartet in ihrem Matra, der vorn drei Sitze hat. Dann kommen Liebling und Ria. Beim Einsteigen läßt Ria Liebling den Vortritt, so daß Liebling zwischen die beiden Frauen zu sitzen kommt.
Lena: Wußt ich doch, daß mein Dreisitzer noch mal voll zur Geltung kommt.
Ria: Ideales Teil für Dreiecksverhältnisse der dritten Art.
Liebling: Als da wären?
Ria: Die verdeckten. Die mit Eifersucht. Die ohne.
Lena: Und die scheinbaren. – Wo gehts lang? Sehen Sie doch mal auf die Karte!
Dabei legt sie unauffällig eine Hand auf Roberts Knie.
Ria: Laut Senta nach Norden raus. Zubringer. Ring. Dann Abzweig Schwerin. Dann über die Dörfer.
Auch sie plaziert eine Hand auf Roberts Knie.
Lena: Ich hab das Gefühl, heute kommt deine Libido aus dem Urlaub zurück. Wenn nicht, seh ich schwarz.
Sie muß ihre Hand wegnehmen, um zu starten und zu schalten.
Lena zu Ria: Zurück fahrn Sie! Fifty-fifty. Oder Sie halten die Landkarte. Mit beiden Händen!

Liebling lehnt sich zurück und schnallt sich an. Er kann und er will den Spaß am Spiel und an der paschahaften Situation nicht leugnen. Er postiert seine Hände auf den Damenknieen.
Liebling: Das ist rein therapeutisch.
Lena: Und wie soll ich jetzt fahren?
Der Wagen schießt los.

Autobahn

Der Dreisitzer sucht sich seinen Weg, mal rechts, mal links.

Dorfstraße in Mecklenburg

Der Dreisitzer steht vor Wegweisern. Die Landkarte liegt auf Lieblings Schoß, die beiden Frauen beugen sich darüber. Liebling ist jede Sicht genommen.

Bundeswehrkaserne – ehemals Objekt der NVA

Der Dreisitzer in tristester Gegend vor einem ehemaligen Objekt der NVA. Liebling und die beiden Frauen am Wagen.
Liebling: Das ist jetzt aber nur was für Ria und mich, verstehst du?
Lena: Verstehe. Aber dafür gehst du nachher mit mir in die Pilze.
Liebling: Wenns nicht schon zu dunkel ist.
Lena: Auch dann.
Liebling und Ria marschieren über das Gelände. Außer der Fahne mit dem Adler hat sich seit NVA-Zeiten hier nicht viel geändert. Es sind kaum Uniformen zu sehen.

Ria stolpert. Liebling hält sie. Trotzdem ist einer ihrer Absätze ab.
Liebling: Ein Soldat ist an dir auch nicht verloren gegangen.
Ria: Und was mach ich jetzt?
Liebling: Arsch ... Entschuldigung! ... zusammen und durch!
Ria hält sich an Liebling und geht mit ihm weiter.

Kommandeurzimmer

Von Kamin wirkt modern, ja liberal – ist aber darunter gar kein gemütlicher Mann. Er liebt seinen Beruf und seine Uniform und trägt sie akkurat, mit allen Auszeichnungen. Er individualisiert sich mit einem Oberlippenbart.
Von Kamin: Herr Liebling, ist mir gesagt worden?
Liebling: Richtig.
Von Kamin: Anwalt.
Liebling: Ja. Und meine Assistentin, Frau Hegewald.
Von Kamin: Gnädige Frau! Ich sehe – Sie haben ein kleines Problem. Normalerweise gehört zur Ausstattung meiner Einheit ein Schuhmacher, und es wäre mir eine Ehre gewesen, diese Kleinigkeit in Ordnung bringen zu lassen – aber hier ist derzeit nichts normal, wenn Sie verstehen, was ich meine. Haben Sie denn einen Wagen?
Ria: Aber keinen Passierschein.
Von Kamin greift zum Telefon. Das Gerät versagt seinen Dienst.
Von Kamin: Ich kümmere mich dann persönlich darum. – Und jetzt zur Sache. Das Problem ist folgendes: Mein Selbstverständnis als Kommandeur, als Troupier, erlaubt es mir, kurz gesagt, nicht, mit einem meiner Soldaten mit Hilfe eines Anwalts zu reden ...
Liebling: Haben Sie denn noch nicht mit ihm gesprochen?
Von Kamin: Dieses ist nicht meine Vision von Menschen-

führung und von Erfüllung meiner Fürsorgepflicht. Es ist dieses auch in meiner Familientradition begründet.
Liebling: Aha.
Liebling braucht eine Denkpause.
Liebling: Hätten Sie mir das nicht am Telefon sagen können ... Verzeihung! ... sagen lassen können.
Von Kamin: Nun – Sie haben ja gesehen. – Es ist auch nicht mein Stil, mich dem Gegner nicht zu stellen.
Liebling: Darin haben Sie in meinem Mandanten einen Partner. Auch er hatte vor, sich zu stellen, bis eben diese Sache dazwischenkam.
Von Kamin: Das macht mich optimistisch, den jungen Mann am Ende von seinen verquasten Ideologien abzubringen. – Sie mögen darüber lächeln: Ich sehe mich als Vater meiner Soldaten. Und können Sie sich vorstellen, daß ein Vater über einen Anwalt mit seinem Sohn spricht?
Liebling: Ich hab Väter erlebt, die sprachen mit ihrem Sohn nur noch über einen Anwalt.
Von Kamin: Tja ...
Liebling: Kann ich dann meinerseits das Recht in Anspruch nehmen, mit meinem Mandanten auch anders als über seinen Kommandeur zu sprechen?

Kasernengelände

Der Dreisitzer kurvt über das Kasernengelände bis vor das Arrestgebäude. Liebling steigt aus und geht ohne Begleitung in das Gebäude.
Ria versucht irgendwie den Absatz wieder an ihren Schuh zu kriegen.
Lena: Kommt, wenn man die Hacken zu sehr aneinanderknallt.

Liebling: Stressig?
Axel: Es geht, aber nicht mehr lange. Die werden hier aufgelöst. Abgerüstet. In einer Woche wird alles in Marsch gesetzt und woanders eingebaut. Beinah jeder in ein anderes Nest. Ich nach Potsdam.
Liebling: Schwein gehabt! Brandenburg soll ja sowas wie die gewendete DDR sein. Und wo wird der Kamin eingebaut, weiß man das?
Axel: Angeblich wird er abgebaut und weiter oben wieder aufgebaut.
Liebling: Da spuckt der noch große Töne! Also dann: Viel Glück in Brandenburg. Wir sehen uns dann vorm Termin wegen dem Kokain, schätze ich mal. Gegen alles, was mehr ist als vier Monate mit Bewährung, kämpfen wir. An sich bist du mit einem Urteil wegen Koks besser dran, solange du dich nicht nochmal damit erwischen läßt. Und es hat noch einen Vorteil – Koks flattert dir nicht ins Haus wie eine Einberufung. Da mußt du schon hingehen. Du kannst es aber auch bleibenlassen.

Spatz in der Hand

Kanzlei

Es klingelt. Senta drückt den Knopf. In die Kanzlei marschiert Axel, ohne jedes Gepäck, nur mit einer Papiertüte, in der wahrscheinlich seine schmutzige Wäsche ist. Er marschiert bewußt rechte Winkel und skandiert dabei.
Axel: Links. Links. Links. Wenn der Hauptmann kommt, dann stinkts.
Er marschiert direkt ins Zimmer seiner Mutter. Außer ihr ist noch Liebling im Zimmer.
Axel: Das war das Kapitel Axel und die Bundeswehr. Ein Singspiel in vier Akten. Erster Akt: Axel entzieht sich pflichtwidrigerweise der Einberufung unter die glorreiche Fahne.
Er spielt pantomimisch, wie Slapstick, seine Flucht.
Axel: Zweiter Akt: Die einsatzharten Feldjäger suchen den Flüchtling in der elterlichen Wohnung in einer Nacht- und Nebelaktion zu ertappen. Zu ihrer unbeschreiblichen Enttäuschung vergeblich.
Auch diesen Vorgang spielt er.
Axel: Dritter Akt: Axel verbirgt sich indessen schlitzohrigerweise bei einer lukrativen, nichtsdestotrotz pazifistisch denkenden Dame, fristet das Leben eines Playboys und Schmarotzers und wird im Gegenzug von besagter Dame zu hemmungslosem Koksgenuß verführt.
Inzwischen ist auch seine Schwester Barbara zugegen.
Axel: Vierter Akt: Auf Grund eines perfiden Zufalls und nicht weniger perfider Fahndungsmethoden fällt Axel in die Fänge der Häscher und wird postwendend an die Bundeswehr ausgeliefert, wo er von einem Kamin verheizt werden soll.

Die Isenthal: Was für ein Kamin?
Liebling: So hieß der Truppenführer in Siebeneichen, von Kamin, alter Adel. Der schlitzohrige Axel Isenthal beliebt hier, ein Wortspiel zu machen.
Axel: Axels Schutzengel aber will es, daß der Kamin selber verheizt, sprich aufgelöst wird samt seinem glorreichen Regiment. Ist Axel deswegen aller Sorgen ledig? Weit gefehlt! Er wird in Marsch gesetzt und nach Potsdam verlegt, ins Zentrum des preußisch-imperialistischen Geistes, daselbst als kokainsüchtiger, straffälliger Pazifist voller Widerwillen aus den schimmernden Reihen des Bundes ausgestoßen und der zivilen Gerichtsbarkeit übergeben.
Damit läßt er sich in einen der Korbsessel fallen. Barbara rennt und wirft sich auf seinen Schoß. Senta freut sich.
Die Isenthal: Fünftes Kapitel?
Liebling: Axels Eltern, respektive seine rigide Mutter, verstoßen den mißratenen Sohn, der fürderhin sein Leben als obdachloser Sozialfall fristen soll.
Axel: Welchem Schicksal Axel allerdings steuert, indem er mit einer Gruppe Gleichgesinnter eine WeGe aufmacht, dito einen Laden für gebrauchte elektronische Musikinstrumente, um sein Studium der Musik selbst zu finanzieren. So ein gewandter Mensch ist unser Axel. Und er ist auch ein guter Mensch, da er auf diese Art seinen schwer arbeitenden Eltern die Kosten für sein Studium erspart, speziell seiner Mutter. Seinen Vater nämlich, den wird er schröpfen, da selbiger seinen Unterhalt aus den Händen der Steuerzahler empfängt und das, wie man weiß, nicht zu knapp.
Liebling: Zumal sein Schutzengel, sprich, der nicht minder gewandte und bekannte Anwalt Liebling, in gewohnt engagierte Weise für seinen Mandanten vor die Schranken des Gerichts tritt und mit Hilfe pfiffiger Argumente dem Vorsitzenden begreiflich macht, daß in diesem Fall an Stelle der Norm von vier Jahren mit Bewährung auch eine Geldbuße an eine karitative Institution ihren Dienst tut. Und die muß ja von was bezahlt werden, wenn es klappt.

Die Isenthal: Hast du heute schon was gegessen?
Axel: Glaubs oder nicht: Ich hab für den heutigen Tag noch Marschverpflequng empfangen.
Er zeigt sie vor und übergibt sie an seine Schwester.
Gleichzeitig fragt er: Was macht eigentlich die Rikscha auf unserem Hof?
Barbara: Die hat bei uns Asyl.

Autowerkstatt

Polizei ist auf dem Gelände der Werkstatt und die Feuerwehr mit dem Rettungswagen.
Die Cowboys stehen in der Nähe ihres Cadillac. Keiner kümmert sich um sie.
Sie fragen einen der Feuerwehrleute:
Der Kleine: Was ist los?
Der Mann gibt ihnen zu verstehen: Es hat sich wer erhängt.
Der Große: Wer denn?
Der Feuerwehrmann: Der Chef. Direkt in der Werkstatt.
Der Kleine: Und warum?
Das weiß der Feuerwehrmann nicht.
Der Große: Ick würde ma saren: Schulden.
Der Kleine: Ick denke, Autos bumen. Und wenn Autos bumen, bumen ooch die Werkstätten.
Der Große: Weeßte, wat jetze läuft? Jetze kommt der Jerichtsvollzieher, klebt uff allet n Kuckuck, ooch uff unsern Wagen, und wir sind wieda Neese.
Der Kleine: Denkbar wärt. Da solltn wa uns villeicht einfach rinsetzen und abzischen, eht ssu spät is.
Der Große: Dit seh ick ooch so.
Sie setzen sich in den Wagen und starten ihn. Der Motor springt an. Beide lauschen verzückt auf den Sound.
Der Kleine: Warte ma! Is dit fair? Der Jegna muß doch imma ne Chance habn.

Der Große: Da is keen Jegna mehr!
Der Kleine: Allet anders. Wir ham ein jemeinsamen Jegna – er und wia. Nämlich die Vasicherung.
Der Große: Früha, als wa noch nich so ville mit Anwälte zu tun hattn, hattn wa nich so ville … Dings … äh … na, sachma! Mia fällt dit Wort nich ein.
Der Kleine: Skrupel?!
Der Große: Dit sollten wa die ma saren. Fühlnse sich jebauchklatscht.
Der Kleine: Sie villeicht. Aba er?
Der Große: Er ooch, jedenfalls villeicht. So jans durchschau ick den nich. Ebn Wessi.
Der Kleine: Schaust du durch alle Ossis durch? Ick seh den Tach kommen, da jeht mia der janze Ossi-Wessi-Mist uffn Keks.
Der Große: Ma wat janz anderet: Ham die nu wat mitnnanda oda nich?
Der Kleine: Wenn de mia frachst: Die wissen dit selba nich so jenau.
Der Große: Du stehst ja mea uff die Kleene. Senta.
Der Kleine: Schon. Wennse bloß nich so links wär.
Der Große: Ick füa meine Person steh mehr uff die janz Kleene. Barbara.
Der Kleine: Reiß dir bloß ssusamm!
Der Große: Doch nich *so*! Ick hab fast väterliche Jefühle ssu sie. Wat dit andere anjeht, hab olle icke mehrn Oore uff die Neue jeworfen. Aba da is wohl für unsereens so schnell keen Rankomm.
Der Kleine: Dit würde ick ma nich so ohne weiteret saren. Bei Frauen kannste nie wissen und bei die Jenneration von die hier schon janich. Der Reiz des Exotischen. Würde ick an deine Stelle druff setzen.
Der Große: Leider isse scharf uffn Chef. Und ob ick exotischer sein kann als der?
Der Kleine: Dit villeicht nich. Aba eens kannste sein: netta. Der is doch sowat von mufflich ssu Fraun, dit jibs übahaupt nich.

Der Große: Dit is seine Masche! Weita nischt. Du mußt die Fraun übasehn. Denn kommse. Alta Hut.
Der Kleine: Weeßte, wat ick gloobe? Dea hat noch wat im Hintahalt, wat wia alle nich wissen.
Der Kleine: Weeßte, welchet Jefühl mia langsam beschleichn tut?
Der Große: Daß wa hier nie mehr wegkomm und daß wa Kanada vajessen könn, wenn wa so weitamachn.
Während der ganzen Zeit beobachten sie, was auf dem Hof der Werkstatt vorgeht.
Der Kleine: Wat machen wa nu? Lange jeht dit nich mea jut.
Der Große: Bleib ruhich! Is doch nich ssu übasehn: Die sind so hektisch, da weeß doch die Linke nich, wat die Rechte tut. Die halten uns füa observierende Zivile.
Der Kleine steigt aus: Ick jeh ma rumhorchen.

Kanzlei. Büro Isenthal

Die beiden Cowboys stehen vor der Isenthal.
Der Kleine berichtet: Ick hab heute schon ma jesacht: Dit Ossi-Wessi-Jequatsche jeht mia langsam uffn Jeist. Aba wat willste machn – diesa Pinsel von Jeschäftsführa war nu maln Wessi. Fährt vor mitn dicken Daimler – jemietet, aba dit sieht man ja nich –, kloppt Sprüche üba Marketing und sowat und Nohau, bis unsan Auto-Neumann der Kopp sonstwo steht. Er stelltn an, die investieren, uff Kredit natürlich, müssense sich ma ansehn, wat da inne Werkstatt steht an Jeräte. Vom Feinsten! Neuman jibtn ne Vollmacht, der Typ räumt dit Konto ab und verschwindet. Daimler läßta einfach stehn. Und Neuman dreht durch. Lecht sichn Strick um Hals und Tschüß.
Der Große: Du könnst bei de Presse jehn!
Der Kleine: Dit Mädel im Büro hat sich ziemlich ausjeheult bei mir. Die hatn heute früh als erste hängen sehn. Jetzt ham se nich mal dit Jeld, ihre Leute ssu bessahln. Und alle hamse natürlich Schiß um ihre Jobs.

Die Isenthal: Und jetzt denken Sie, Sie sehen Ihren Cadillac nie wieder.
Der Große: Dit nu nich mehr.
Der Kleine: Steht jetzte bei Ihn uffn Hof. Gleich neben de Ritschka. Und da bleibta ooch.
Die Augen der Isenthal weiten sich.

Hof Isenthal-Haus

Die Isenthal, die Cowboys und Senta stehen vor dem Cadillac, der neben der Rikscha geparkt ist, die immer noch defekt ist.
Die Isenthal: Geben Sie mir die Schlüssel! Alle!
Die Cowboys gehorchen.
Die Isenthal: Ich mach so viel Druck, wie ich kann. Aber die Gerichte sind bis obenhin zu mit solchen Sachen. Ich nehme an, der Vorsitzende wird uns einen Vergleich nahelegen zwischen Ihnen und der Versicherung von der Autowerkstatt.
Der Kleine: Heißt dit, daß wir den Wagen hier stehnlassen könn?
Die Isenthal: Das ist vielleicht keine so schlechte Lösung. Wenn der erst mal in der Konkursmasse ist, sehn wir ihn vielleicht wirklich nicht wieder. Muß mal nachblättern, wie das zu machen ist.
Senta: Dazu haben wir doch jemand. Frau Hegewald. Die wartet doch nur auf son Job. Wennse nich gerade uff den Chef wartet. Zur Zeit machtse freundlicherweise Telefondienst.
Der Kleine: Wie könn wia dit wiedajutmachn!
Senta: Da hab ick ne Idee: Sie könnten die Rikscha reparieren.
Der Große: Erstens: Wat hat dit eene mit den andern ssu tun. Zweetens: Ick denke, der hat sein Jeld weg von olle Norbert.
Senta: Peter hat fünf Kinder und nie was bezahlt.

Ick finds hochanständig von ihm, daß er jetzt daran denkt.
Der Kleine: Wie ooch imma: So rumstehn und vajammeln lassn kann man dit jute Stück ooch nich. Hatse eintlich ooch nich vadient. Bei Licht besehn hatse ihm nämlich ne schöne Stange Jeld einjebracht.
Und bei dieser Entscheidung spielt seine Sympathie für Senta durchaus eine Rolle. Senta belohnt ihn mit einem schönen Blick.

Monbijoupark

Liebling sitzt auf einer Bank am Wasser. Er liest Akten. Nebenbei steht der Kinderwagen mit seinem Enkel, den Liebling ab und an überwacht. Irgendwann piept es in seiner Jacke. Das Funktelefon.
Sentas Stimme meldet sich: Chef?
Liebling: Wo brennts?
Sentas Stimme: Ich hab hier einen Mandanten für Sie. Sie sind doch im Park?
Liebling: Muß das sein?
Sentas Stimme: Müssen Sie entscheiden! Ein alter Bekannter von uns. Gumpert.
Liebling: Der lebt noch?
Gumperts Stimme: Wie mein Sien dit?
Liebling: So wie ichs sage. Kann einem doch jeden Tag was passieren, besonders in der Stadt und dann in Ihrem Job!
Gumperts Stimme: Lieber Herr Liebling! Sie wissen doch, ick mach keene nassen Sachen.
Liebling: Das ist doch keine Versicherung dagegen, daß *Sie* keine nasse Sache werden.
Gumperts Stimme: Da haben Sie wieder recht!
Liebling: Was haben Sie denn?
Gumperts Stimme: Das möchte ich Ihnen lieber persönlich sagen.

Liebling: Kommen Sie her! Und sagen Sie bitte Senta, Sie möchte Ihnen bitte den dritten Band der Akte von unserm Bandwurmfall geben!
Gumperts Stimme: Müssen Sie jetzt ooch noch Tierarzt machen?
Liebling: Ich sitze dritte Bank rechts, wenn Sie durch den vierten S-Bahnbogen kommen. Alles klar?
Gumperts Stimme: Alles klar! Ick hab Ihre Spur bis hierher verfolgt, werd ick ooch noch dit letzte Stück schaffen.
Liebling: Bis gleich!
Er legt die gelesene Akte in den Kinderwagen.
Liebling: Entschuldige. Aber ich laß den Kram hier sonst liegen.
Der Knabe im Wagen grinst zahnlos und kontaktfreudig.
Liebling: Mach mal so weiter! Wirste schon sehn, was du davon hast.
Der Knabe zappelt freudig mit den Armen.
Dann wieder das Telefon und Sentas Stimme: Chef? Dasse keen Schreck kriegen: Der Gumpert hat ein behindertes Kind bei sich. Eene Seite jelähmt. Armet Wurm.
Liebling: Gehts etwa darum?
Sentas Stimme: Kann ick mir nich vorstellen. Wat sollte denn da sein?
Liebling: Hast du ihn darauf vorbereitet, daß er mich hier beim Babysitting trifft?
Sentas Stimme: Nee. Den Spaß wollt ick Ihnen nicht verderben.
Liebling legt auf und sieht auch schon, wie sich Gumpert mit einem Kinderwagen nähert.
Gumpert: Wat denn, Herr Liebling: Sie ooch?! Oder brauchen Sie das Fahrzeug nur zum Aktentransport?
Gleichzeitig übergibt er Liebling die mitgebrachte Akte.
Gumpert zeigt auf Lieblings Enkel: Ein Knabe, oder? Schön sieht er aus. Ick habn oochn Knaben. Da habn wa uns wohl beede jedacht, daß wa uff unsere alten Tage noch mal

zuschlagen? – Meine Alte und ick haben uns jesagt: Eh es zu spät is, drechseln wir schnell noch eins. Ick war gerade mal für ne Weile draußen ... ging aber gar nicht mehr so einfach wie früher. Wir haben ziemlich viele Anläufe jebraucht. Sie ooch? Entschuldigung! ... Sieht aber so aus, als war die janze Sache doch keene janz so jute Idee. Der Kleene hat leider nen leichten Hau, um es mal so burschikos zu sagen. Dit jinge ja noch. Mitn Hau kannste noch leben. Tun ja viele und nicht mal schlecht. Ich kenn welche, die sind regelrecht glücklich mit ihrn Hau. Leider ist unser Kleener ooch links jelähmt, und das isn Problem. Jetzt haben wir uns natürlich Vorwürfe gemacht ... Inzwischen haben wir uns aber an allet jewöhnt. Wir möchten den Kleenen um Himmels willen nich mehr weg haben. Der is lieb, können Sie sich nicht vorstellen. Dagegen sind die andern wahre Ungeheuer. Und Ihrer?
Liebling: Sie sehn ja! – Aber was kann ich da eigentlich tun?
Gumpert: Gar nichts. In dem Punkt is uns nich zu helfen, ick hab den Kleenen bloß mit, weil eener von uns nun mal das Geld verdienen muß, und das is im Moment meine Frau, mit Putzen. Ick mach eher Minus zur Zeit. Außerdem trenn ick mich gar nicht so gern von dem Jungen, ob Sie das nun glauben oder nicht. Nee – ick habe ein anderes Problem.
Er hält Liebling drei Hundertmarkscheine hin.
Liebling: Soll das ein Vorschuß sein?
Gumpert: Kann ick Ihnen nicht zu raten. Eener davon is nämlich ne Blüte. Jetzt sagen Sie mir, welcher.
Liebling prüft die Scheine mit Fingerspitzen und Augenschein.
Liebling: Der!
Gumpert: Irrtum. Der.
Liebling: Nicht zu fassen. Der sieht ja echter aus als die echten. Sind Sie ganz sicher?
Gumpert: Absolut.
Liebling: Wenn ich Sie nicht kennen würde und wenn ich

nicht wüßte, daß Sie aus der Branche sind, würde ich sagen, Sie wollen mich auf die Nudel schieben. Andererseits wüßte ich nicht, warum. Wenn die von Ihnen ist, haben sie einen tollen Qualitätssprung gemacht.
Gumpert: Jenau dit sagt der Staatsanwalt ooch. Die is aber nich von mir. Jenau dit fuchst mir ja so! Die is bei mir kleben geblieben. Inzwischen weiß ich auch wie. Mal janz abgesehen davon, daß ich mich aus diesem Jeschäft völlig zurückgezogen habe. Konkurrenz ist viel zu groß, seit es Farbkopierer gibt. Bringt einfach nichts mehr. Vielleicht noch im Osten – aber dit is mir zu fies, ehrlich. Die hier müssen sich ja erst mal an die echten gewöhnen! Die haben doch keine reelle Chance. Und denn macht das eigentlich null Spaß.
Liebling: Blüten, und da laufen Sie noch frei rum?
Gumpert: Die kennen mich doch. Die wissen, daß ich Familie hab. Ich bin noch nie abgehauen.
Liebling: Und was ist gelaufen?
In dem Moment kommt Lieblings Tochter gerannt.
Sie: Entschuldige, ging nicht eher. Aber jetzt erlöse ich dich!
Stumme Begrüßung zwischen ihr und Gumpert.
Liebling: Mach dir keinen Kopf!
Sie: War er friedlich?
Liebling: Hielt sich in Grenzen. Die Leute auf den Bänken neben mir hat er alle in die Flucht geschlagen.
Sie: Jetzt ist er doch aber lieb.
Liebling: Jetzt sind ja auch alle weg.
Sie: Vielleicht hat er was in den Windeln.
Liebling: Glaub ich nicht.
Sie: Also dann! Bist lieb.
Sie umarmt Liebling. Dann zieht sie mit dem Wagen los.
Liebling: Meine Akten!
Sie bringt sie zurück. Den Wagen mit dem Knaben läßt sie stehen. Der Knabe fängt an zu schreien. Sie läuft zurück – der Knabe schreit lauter ... Liebling grinst in sich rein.
Liebling: Also: Was ist gelaufen?

Gumpert: Geht mich natürlich nichts an: Aber ist die nicht doch ein bißchen jung? Ick meine – nich für das Kind, aber für Sie? Könnte ja Ihre Tochter sein.
Liebling: Nehmen Sie doch einfach an, es ist so.
Gumpert: Dann wären Sie ja Großvater!
Liebling: Logo.
Gumpert: Ick verstehe. – Also ich habe mit der andern Blüte was bezahlt, beim Türken. Drei hab ich mir insgesamt andrehen lassen – was ich mir bei der Qualität an sich nicht als Schande anrechnen kann. Ich frage mich, was werden soll, wenn diese Presse nächtelang läuft! Dann müssen wir den EURO nehmen, ob wa wollen oder nich. Ick bin ansonsten dagegen.
Liebling: Und wie isses rausgekommen?
Gumpert: Mein Türke hat an dem Tag nur einen einzigen Blauen eingenommen, und der war von mir. Seine Bank hats natürlich gemerkt. Abends bringt der verständlicherweise immer seine Tageskasse weg.
Liebling: Ich fange an, meine Kreditkarte zu lieben.
Gumpert: Welche haben Sie denn?
Liebling: Ich glaube, das kann ich an dieser Stelle nicht sagen.
Gumpert: Ick frage ja nur, weil ich Ihnen denn sagen könnte, welche fälschungssicher sind.
Liebling: Dann sagen Sie mir doch einfach, welche, und ich denk mir dann mein Teil.
Gumpert: Keine.
Liebling: Danke.
Gumpert: Hätten Sie was dagegen, wenn wirn Stück gehn? Mir fehlt einfach dit Sitzfleisch. Daran erkennen Sie übrigens den richtigen Knacki. Der hat einen wahnsinnigen Bewegungsdrang. Du hast immer wat nachzuholen, und einen gewissen Vorrat willste dir auch anlegen. Da rennste eben.
Liebling weist auf seine drei dicken Akten.
Gumpert: Kein Probleml Die nehmen wir, wa Kleener?
Er stapelt sie in den Kinderwagen, und sie gehen los.

Liebling: Und wie sind Sie nun zu den Blüten gekommen?
Gumpert: Janz normal. Beim Wechseln! War leider ziemlich dämmrig in dem Parkhaus ...
Liebling: Warum wechseln Sie Geld im Parkhaus?
Gumpert: Das hängt damit zusammen, daß ick mich in letzter Zeit janz auf mein zweites Standbein stütze, seit mir die Farbkopierer mein erstes weggehauen haben. Und das sind Autos und daher Parkhaus. Da läuft dann immer so eine Art Markt und ...
Liebling: Das reicht mir.
Gumpert: Nicht was Sie denken. Absolut legal. – Jedenfalls von meiner Seite. Ich schraube und schweiße und lackiere, das ist alles. Und verkaufe, zu reellen Preisen. Was die Polen dann damit machen, ist ihre Sache. Ick weeß, Sie halten mich jetzt fürn Ausländerfeind – aber sind nun mal meistens Polen, mach wat. Und da jibts eben sone und solche, wie überall. Mein Fehler war, daß ich das Geld bei einem gewechselt habe, denn ich nicht kannte. Ich kenn die meisten – aber den ausjerechnet nicht.
Liebling: Und der ist natürlich nicht aufzutreiben.
Gumpert: Sie sagen es. Aber inzwischen kenn ich immerhin sein Klarnamen, und dann krieg ich auch die Adresse. Ick brauch bloß jemand, der dem Staatsanwalt klarmacht, daß er solange stillhalten soll.
Liebling: Haben Sie vorhin von Ihrem Türken gesprochen?
Gumpert: Hab ich. Der, wo ich seit Jahren koof.
Liebling: Und der hat Sie gleich hochgehen lassen! Normalerweise müßte der doch erst zu Ihnen kommen und mal nachfragen ...
Gumpert: Sehr scharfsinnig, Herr Liebling. Daran erkenn ich Sie wieder. Sie sind nicht schlechter als Columbo! Ehrlich! Stimmt! Ick hab die Jeschichte bißchen vereinfacht. Ick hatte insgesamt drei Falsche erwischt. Den ersten hat mir mein Türke durchgehen lassen – weil wir uns eben ewig kennen. Erst beim zweiten ist er unruhig ge-

worden, und dann wars auch mehr sein Sohn ... Nehmen Sie mir das nicht krumm.
Liebling: Ist doch Ihre Sache. Und den Staatsanwalt werd ich versuchen ruhigzustellen.
Gumpert: Ich bedanke mich. Das Problem sind ja bloß meine einschlägigen Vorstrafen, sonst wär ick mit dem Klacks gar nicht erst zu Ihnen gekommen.
Er nimmt drei Hunderter aus seiner Tasche und reicht sie Liebling.
Gumpert: Okay so?
Liebling nimmt die Scheine einzeln zwischen die Finger und prüft sie. Einen noch ungebrauchten gibt er zurück. Gumpert tauscht ihn ohne Kommentar gegen einen gebrauchten ein.
Gumpert: Noch mal ne ganz andere Frage: Wie kommt ...
Liebling: Lassen Sie diese Frage weg. Ich hab kein Bock mehr, jedem zweiten zu verklickern, warum ich in den Osten gegangen bin.
Gumpert: Kann ick mir zwar vorstellen, aber ick wollte Sie was völlig anderes fragen: Kennen Sie die Leute, denen der pinky dreiundfünfziger Cadillac auf Ihrem Hof gehört? Ick überleg ja selber, ob ick nicht in den Osten übersiedel, schon wegen der doofen Bullen hier. Und Sie werden auch Ihre Gründe haben.
Liebling: Der Wagen gehört zwei Cowboys. Das heißt, er gehört ihnen nur zu Teilen. Da hat auch noch die Werkstatt einen Anteil dran und eine Versicherung.
Gumpert: Wollten die damit zufällig nach Kanada?
Liebling: Wollten Sie, aber sieht an sich kaum so aus.
Gumpert: Denn sind det die. Den haben die nämlich von mir. Sowas autogeiles und kanadageiles haben Sie noch nicht gesehen, und ick kenn Autogeile wie keen anderer. Die haben mich bekniet wegen dem Preis und ooch wegen dem Wagen wie noch kein Mensch. Ich hab den Wagen mit Zustand drei übernommen und auf Zustand eins gebracht. Konnten sie nicht bezahlen. Hab ich ihnen für den Preis von Zustand zwei überlassen, weil sie eben so

verrückt waren und weil sie ausm Ostknast warn, Kollegenrabatt sozusagen. Ick mach nur Minus in letzter Zeit. Grüßen Sie die Jungs von mir, und machen Sie ihnen klar, daß es langsam Winter wird in Kanada. Obwohl der Wagen eine Bombenheizung hat.

Kneipe Krähe

Die Kneipe befindet sich in der Kollwitzstraße. Es gibt hier nur altes Gestühl. Die Bar ist handgeschmiedet, die Wände haben Patina, die hergestellt wurde. Eine Art Fresken zieren die Flächen.
Im separatesten Raum hat sich Axels Studentenclique versammelt. Sie erwarten jemand. Bei jeder Bewegung gehen die Blicke zur Tür. Sie erwarten Ingo. Der bringt seinen Kaffee gleich von der Bar mit, als er kommt. Platz ist reserviert. Er hat Papiere bei sich.
Ingo: Also ...
Rita: Sei nicht so dienstgeil! Trink deinen Kaffee und dann ... solange können wir auch noch warten.
Ingo gehorcht.
Axel: Ist es so gelaufen, wie gedacht, oder anders?
Ingo gibt zu verstehen: Ja und nein.
Conni: Wieviel hat er gewollt.
Ingo: Hab ja Redeverbot von Rita.
Axel: Redeverbot ist verfassungswidrig.
Ingo: Fünftausend.
Rita: Abstand oder was?
Ingo: Nee! Schmiergeld!
Conni: Wessischwein.
Rita: Ich protestiere gegen die Dikriminierung von Wessis.
Ingo: Ich bin mir auch nicht sicher. Ich halte den eher für einen, der schnell gelernt hat. Ich bin ganz normal rein, hab mich vorgestellt, Name, Geschäftsführer, Firmenname, hab mich um die Räume beworben, hab ihm alles er-

klärt, daß wir eine WeGe sind und den Laden betreiben wollen, und gefragt, wie seine Bedingungen sind. Die sind ganz anständig. Miete achthundertfünfzig, seine Gebühr sechshundertpaarzerquetschte und dann noch eine Vertragsgebühr, vierhundertundnochwas. Und dann kam der Hammer. Da war noch eine Frau, seine Sekretärin, nehm ich mal an. Die ist plötzlich raus, und als er mit mir allein war, erklärt er mir, daß es noch einen Bewerber gibt und der ihm fünftausend geboten hat, als Gratifikation.
Conni: Wessisau.
Rita zu Conni: Ostarsch.
Conni: Der muß ne Abreibung kriegen.
Susanne: Der muß vor Gericht.
Axel: Keine Chance ohne Zeugen.
Susanne: Gehn wir nochmal zu zweit hin.
Ingo: Vergiß es.
Susanne: Wir zahlen, und dann haben wir die Quittung.
Allgemeines Gelächter.
Momo: Dann zahlen wir eben ohne Quittung.
Conni: Ohne mich. Diesem Staat und diesem System keinen Pfennig.
Rita: Geht hier doch nicht um den Staat.
Conni: Aber um das System.
Axel: Wir brauchen einfach ne Idee, wie wir das Geld unter Zeugen zahlen können, und zwar ohne daß der Typ das merkt. Dann können wir klagen.
Rita: Frag doch mal deine Mutter.
Axel: Die ist zwar Anwältin – aber nicht zuständig für die Quadratur des Kreises.
Conni: Wir nehmen eine Wumme, von mir aus imitiert. Die halten wir ihm unter die Nase. Er unterschreibt für die fünftausend, und wir haben unsere Quittung, und er muß in Knast.
Rita: Dann kann er doch gleich den Mietvertrag unterschreiben, Mann!
Conni: Geht er aber nicht in Knast.
Axel: Das ist Zivilrecht.

Conni: Was heißt das?
Axel: Kein Knast. Knast ist nur Strafrecht.
Conni: Und das ist dann der Rechtsstaat. Ne Wohnungsverwaltungstante bei uns, die sich hätte bestechen lassen, wär in Knast gegangen.
Susanne: Bei uns ist out. Schon gemerkt? – Deine Mutter hat doch noch so einen Anwalt, denke ich. Fällt dem nichts ein?
Axel: Das hier ist keine Sache für Anwälte. Wenn wir klagen, dann brauchen wir einen.
Rita: Also was ist jetzt? Fällt dir was ein oder nicht.
Axel: Wem? Mir?
Susanne: Wer aus dem Bund rauskommt, dem fällt auch ein, wie wir in die Wohnung reinkommen! Alles klar?

Vor dem Isenthal-Haus

Der pinkfarbene Cadillac wird in Zeitlupe rückwärts aus der Ausfahrt auf die Straße gefahren. Am Steuer: die Isenthal.

Kanzlei

Die Cowboys stürmen in die Kanzlei.
Senta: Wo brennts?
Der Kleine: Unser Wagen ist weg!
Senta: Wie weg?
Der Große: Geklaut. Die Ritschka steht da, der Wagen is weg!
Senta: Aber warum regt ihr euch so uff! Mit dem rosa Ding kommt doch keena weit!
Der Große: Ja, aba wie siehta denn aus? Vielleicht klebta längst an nem Boom!
Der Kleine: Kannste uns ma ne Anzeige schreiben jegen Unbekannt?

Senta: Könnt ick. Aba übalecht doch ma selba: Dit Vehikel is doch längst zum reinen Stress für euch jeworden. Ihr lebt doch janich mehr, ihr denkt doch bloß noch in Cadillac und pink. Eure Umwelt nehmt ihr doch janich mehr wahr! Autos sind doch längst out!
Der Große: Aba nich in Kanada.
Senta: Kanada. Kanada. Kanada is ooch keen Paradies.
Der Kleine: Aba da is Platz! Weite! Freiheit!
Der Große: Dit mußte doch vastehn. Wenn eena so ville hinta Jittan jewesen is, denn willa dit, denn brauchta dit einfach!
Senta: Kanada will sich gerade spalten, und wat dit für ne Kacke is, könnt ihr euch ja vielleicht noch erinnern!
Der Kleine: Erstens wolln die sich schon ssiemlich lange spalten, und zweetens: So jut spalten wie wia kann sowieso keena.
Der Große: Die wean ja nich gleich ne Maua baun zwischen die Frankophonen und die Anglophonen.
Senta: Bitte?
Der Kleine: Zwischen die, die englisch quatschen, und die, die bessa uff französisch sind.
Der Große: Dit mußte dir voastelln wie zwischen Berliner und Sachsen.
Senta: Ick weeß dit allet! Ick frare mich, woher ihr dit wißt!
Der Kleine: Mit Kanada könnten wa in Allet oda Nischt jehn! Da spieln wa jeden an die Wand.
Der Große: Dit Buch, wat wa üba Kanada nicht kenn, mußte uns erst ma zeijen, meine Kleene!
Der Kleine: Und die Sprachen ham wa ooch schon janz jut druff! Sliep ju werri well in jur Bettgestell?
Der Große: O werri matsch. Wot ju ssei is Quatsch. Aba wat is jetzt mit die Anzeige?
Senta: Mit de Rikscha nach Kanada, dit würde ick schau finden! Dit hätte noch keena jemacht. Übalecht ma! Ihr werdet berühmt! Wie Lindberg. Zwei Ostberliner erreichen den geografischen Nordpol auf einer Rikscha!

Der Große: Wenn de mitkommst?
Der Kleine: Biste schon ma Rad im metahohen Schnee jefahn?
Senta: Aber ihr könnt ja Kufen unter die Räda baun! Ihr könnt doch allet! Heute war übrigens Durchsaugen anjesacht!
Der Große: Denkst du, wia könn hier mitn Staubsauga durch die Jegend rasen und een andra ruiniert unsan Caddy?
Senta: Wollt ihr ne jute Nachricht? Euer Idol is nich jeklaut. Den hat Issy vor ner halben Stunde zurück in die Werkstatt jefahrn. Sonst wärse rein rechtlich inne böse Falle jeraten, soll ick euch bestellen.
Der Kleine: Und warum haste uns dit nich jleich gesacht?
Senta: War mir kurzfristich entfallen, und jetzt ab an den Sauga, marsch! Wenna pünklich zu Arbeitsbeginn erschienen wärt, wär euch dit nich passiert.
Der Große: Wat ick mir frare is: Kann sich hier eena vorstellen, dasse den Wagen heil durch die Einfahrt jebracht hat?
Der Kleine: Wenn ja, hatse sich een Sondahonorar vadient.

Kanzlei

Die Cowboys beim Staubsaugen. Irgendwann drückt der Kleine auf den Schalter.
Der Große: Wat solln dit?
Der Kleine: Jesacht war, daß *ick* uff Senta stehe, abjesehn davon, dasse so politisch is.
Der Große: Stimmt! Ick hab mir jlatt mit dir vawechselt.
Der Kleine: Laß uns bloß keene Mausescheiße mit Weiba machen.
Der Große: Ei eggri wiss ju.
Der Kleine: Bong.
Sie saugen weiter.

Liebling kommt aus seinem Büro geschossen.
Liebling: Sie sind doch erst vor drei Tagen hier durch! Dabei kann man doch kein Gespräch führen!
Der Große: Wat is?
Denn der Staubsauger ist zu laut.
Liebling: Der Staubsauger ist zu laut!
Der Kleine: Wir vastehn nischt. Der Staubsauger ist zu laut.
Liebling zieht den Stecker aus der Dose.
Der Große: Jetzt noch mal.
Liebling: Dabei kann kein Schwein arbeiten!
Der Kleine: Wenden Sie sich an Senta, Chef. Befehl is nu ma Befehl.
Senta: Is einfach nötig geworden, Chef. Die ville Mandanten jetzt schleppen ein Dreck rein! Vielleicht sollten wa einfach Filzlatschen verteilen wie im Museum.
Der Große: Nich übel die Idee. Is ja ooch sowat wien Museum, würd ick ma saren, rein möbelmäßig. Sowat putzen müßte eintlich automatisch nen höheren Stundenlohn nach sich ssiehn.
Liebling zieht seine Tür heftig ins Schloß. Der Staubsauger läuft wieder an.
Wieder Liebling in seiner Tür.
Diesmal wird sofort ausgeschaltet.
Liebling: Danke! Das mit dem Stundenlohn halte ich für eine sehr gute Idee.
Er verschwindet.
Der Kleine: Wie hattan dit jetze jemeint?
Der Große: Is doch klar: Je mehr Jeld wa machen, desto eher krien wa unsan Wagen. Je eha wia unsan Wagen wiedakrien, desto eher sind wa weg. Je eher wa weg sind, desto eher hört der Krach uff.
Senta: Oder ick mache ein Schild draußen an: Dreck rein, nein danke!
Liebling wieder in der Tür.
Liebling: War nicht immer die Rede davon, daß Sie nach Kanada wollten?!

Der Kleine: Und wer bringt Ihnen denn die jeklauten Räda wieda?
Liebling: Inzwischen bin ich versichert.
Irgendwann in dem Lärm ist die Isenthal in die Kanzlei gekommen.
Die Isenthal: Kanada ist a) weit und b) auch kein Paradies.
Senta: Was ick sare.
Liebling: Waren Sie je in Kanada?
Die Isenthal: Wie hätte ich sollen?
Liebling: Das kommt, wenn man zu lange einem Unrechtssystem dient, das seine Menschen einsperrt. Oder verkauft.
Die Isenthal: Bitte? Ich habe meinen Mandanten gedient, so gut ich konnte. Hätte ich abhauen sollen?
Liebling: Das wäre vielleicht nicht ganz verkehrt gewesen! Wenn viel mehr viel früher abgehauen wären, wäre dieser Staat viel früher in sich zusammengebrochen, und damit hätte sich dann viel Unrecht erübrigt.
Er verschwindet wieder.
Die Isenthal: Wenn ihr nicht gezahlt hättet, hätte keiner ausgekauft werden können. Und wenn ihr nicht Kredite rübergeschoben hättet, dann hätten die da oben sich viel früher abmelden müssen. Und wenn ihr euch nicht dauernd bei Honecker auf dem roten Teppich gedrängelt hättet, dann hätte der sich nicht so gebauchklatscht gefühlt und sich schon in der UNO gesehen! Und wenn ihr 45 an unserer Stelle gewesen wärt mit den Russen im Land, dann würden wir euch heute diese Sachen um die Ohren hauen. Ihr wärt genau nicht anders gewesen. Und tut doch bloß nicht so, als hättet ihr die ganzen Jahre über das Unrecht geweint. Krokodilstränen vielleicht am 17. Juni. Und das wars dann. Ansonsten seid ihr mit Händen an der Hosennaht am Zoll vorbeimarschiert und mit tiefem Diener, dürfen wir bitte reinkommen?! Wir sind auch ganz brav. – Wenn ihr überhaupt gekommen seid. Die meisten von euch denken doch heute noch, Berlin liegt an einem Fluß, und da steht die Mauer. Und der Fluß ist die Elbe.

Sie macht die Tür hinter sich zu.
Der Kleine: Und überhaupt: Iff se dog will not make pipi, hi will get se häs. Zu deutsch: Wenn der Hund nicht, hättan Hasen.
Senta: Wow!
Wieder kommt Liebling aus seinem Zimmer, lächelnd und bester Laune. Er geht zur Isenthal, läßt die Tür offen.
Liebling: Was seh ich denn hier für Gesichter? ... Sie haben ... du hast mich doch nicht etwa ernst genommen? Darf denn das wahr sein! Ich trainiere doch bloß für das Landgericht morgen. Das war eben aus den Ausführungen des Staatsanwalts. Rollenspiel, Issy. Eine meiner bevorzugten Methoden. Kennt ihr doch!
Er wendet sich auch an die anderen.
Liebling: Aber deine Replik! Heiß! Kannst du die noch mal machen?
Die Isenthal glaubt ihm nicht alles: Ich bin doch nicht verrückt!
Liebling: Senta! Mach schnell ein Gedächtnisprotokoll! Vor allem das mit der Elbe.
Der Große: Is ja ooch so.
Liebling: Was wollte ich jetzt eigentlich von dir? Eine DDR-Verfassung, hast du so was noch?
Die Isenthal: Wie solls denn sein: Paperback, Leinen oder in Leder mit Goldschnitt. Und welche: die von 49 oder von 68?
Liebling: Gabs denn soviel?
Die Isenthal: Wir waren einer der vielverfaßtesten Staaten der Welt.
Liebling: Viel hilft viel!
Die Isenthal: Herr Liebling!
Liebling: Ich geh ja schon!
Und zu den anderen: Nachher kündigt sie mich noch.
Er verschwindet in seinem Zimmer.
Der Große: Hier kannste viel lernen, Bruder.
Der Kleine: Issi ong pö boku apprangdre, mon frer.
Die Isenthal: Was ist mit Issy?

Der Große: Dit is französisch. Issi heißt: hier. – Aba mal wat anderet: Wie jehts unsan juten Stück? Hamsen heil hinjekricht? Ick meine, der is ja von seine äußeren Maße dochn bißchen wat anderet als Ihr Trabbi. Nich ville, aba doch. Von allet andere ma abjesehen.
Der Kleine: Kennse den? Warum importieren die Amis Trabanten?
Die Isenthal: Ha. Ha. – Der Cadillac mußte zurück.
Der Große: Vastehn wa ja. Aba wer vesteht uns?
Die Isenthal: Ich hab mit der Witwe des Herrn Neumann gesprochen. Soweit das ging. Die Frau braucht jetzt jeden Pfennig, um die Gläubiger auszuzahlen.
Der Kleine: Heißt dit, daß sie vielleicht zu einen Vajleich bereit wär?
Die Isenthal: Ich habe sie nicht gefragt. Aber warum sollte sie?
Der Große: Na weilse schnell Jeld braucht, und dit Jericht mehrt sich ja nich aus.
Der Kleine: Oda ssu ne Kaution, die der Alte ja nich wollte.
Die Isenthal: Für das Auto gehn Sie über Leichen!?
Der Große: Moment ma! In den Ssusammenhang ne andere Sache. Unsere BeGeEll, also meine Person, hat beschlossen...
Senta: Betriebsrat!
Der Kleine: Wo issen der Unterschied?
Der Große: ... also der Betriebsrat hat beschlossen, mit unsan Arbeitjeber in neue Tarifverhandlungen ssu treten betreffs der Erhöhung der Bezüje der Arbeitnehma wegen...
Der Kleine: Wir haben darüber nachgedacht, ob uns für dit Putzen von diesem Museum von Anwaltskanzlei, mit Verlaub, nichn Stück mehr Jeld zusteht.
Der Große: Und dit villeicht een paar Wochen zurück. Denn könntn wa nämlich die Kaution in volle Höhe stelln, und alle wärn ausn Schneida. Sie wärn uns los. Die Frau hat ihr Jeld sicha. Dit Jericht kann sich Sseit lassen, und Kanada hat zwee Bürja mea.

Blickwechsel zwischen Senta und dem Kleinen.
Die Isenthal: Schön. Denk ich drüber nach.
Der Blickwechsel ist ihr nicht verborgen geblieben.

Musikhochschule

Ein leerer Hörsaal mit Tafel an der Stirnseite. Die Studentengruppe um Axel bei der Planung. Ingo hat eine Lageskizze an die Tafel gemalt. Es ist der Grundriß der Räume des Maklers.
Ingo: Diese bessere Kammer hier ist das eine Büro. Hier sitzt das Arschloch offenbar in der Regel. Ob die Tussi da auch immer sitzt – keine Ahnung. Davor das Wartezimmer. Auch nicht viel größer. Die Zwischentür. Das andere Bürochen, in das er sich mit mir zurückgezogen hat, liegt dahinter, hat noch einen Zugang zum Hausflur. Conni und Rita müßten sich im Wartezimmer so plazieren, daß sie das Bürochen einsehen können, wenn die Tür aufgeht.
Conni: Der Job gefällt mir nicht. Ich geh mit dir als Bodygard.
Axel: Der will Ingo doch nicht ans Leben.
Conni: Aber ans Geld.
Rita: Und das soll er ja auch kriegen. Begreif endlich, daß das hier ne Intelligenzsache ist und nicht ne Muskelsache.
Conni: Mein Anteil kommt vom Bafög, nicht wie deiner aus der Tasche deines Alten. Und Bafög muß ich irgendwann zurückzahlen.
Rita: Niemand kann für seine Eltern. Und von der Vorstellung, daß du, wie im Osten üblich, mit Geld und Privilegien zugeschüttet wirst, weil deine Alten zum Arbeiteradel gehören, mußt du dich spätestens jetzt verabschieden.
Conni zieht sich in sich zurück.
Rita: Vielleicht gibst du mir jetzt Feuer und krauchst nicht in dich rein!

Susanne: Conni ist saubegabt!
Rita: Weiß ich! Eben deswegen. Und alles andere ist Quatsch.
Axel: Fast alles andere.
Rita: Okay.
Ingo: Ich möchte eigentlich nicht, daß Conni in meiner Nähe ist bei der Sache. Susanne ist mir lieber. Frauen sind sowieso unverdächtiger.
Da gibt es Grinsen. Susanne holt Luft…
Axel: Tun wir uns den Gefallen, und dikutieren wir jetzt nicht über Frauenrollen und persönliche Vorlieben. Alle wissen, was Ingo sagen will: daß Susanne dir immer lieber ist in deiner Nähe, und alle wissen, was Susanne sagen will: daß Frauen notwendigerweise einen harmlosen Eindruck machen müsssen, weil sie, um in der Männergesellschaft zu überleben, sich eine Mimikry zulegen mußten. Tu uns den Gefallen, Conni, und tausch deinen Job mit Susannes. Du bist in dem Fall ein Sicherheitsrisiko.
Conni: Das ganze Leben ist ein Sicherheitsrisiko.
Axel: Mach du doch die Sache mit dem Spiegel, okay?
Conni ist bereit.
Axel: Laß dir von Susanne zeigen, wie das geht. Die hat das geprobt.
Momo: Besonders demokratisch geht das hier nicht zu.
Axel: Also: Demokratiediskussion eröffnet.
Ingo: In dem Fall bin ich mal nicht so für Demokratie.
Rita: Ich hab schon mal gesagt: Das hier ist ne Intelligenzsache.
Axel: Danke!
Momo: So sind sie, die Führer. Sofort eitel.
Axel: Ich hab mich nicht um den Job gerissen!
Momo: Und sofort kokett, weil schon machtbesessen.
Susanne: Mach dus doch!
Momo: Wußt ich, daß das jetzt kommt. Jetzt muß noch kommen: Du bist ja bloß neidisch!
Rita: Ich glaub, ich steig aus.

Ingo: Wer steigt noch aus?
Keiner meldet sich, und auch Rita bleibt im Raum.
Ingo: Jetzt das Geld. Das hier ist die Tüte mit den dreitausend, auf die ich den Typ zu drücken versuche. Das wird nicht klappen. Dann komm ich raus und hol die zweitausend von dir, Susanne.
Rita: Ich denke von mir?
Ingo: Heißt das, du bleibst drin?
Rita: Erraten!
Ingo: Also ich hol die restlichen zweitausend von dir. Und dann läuft der Strip von uns dreien. Die neuen Klamotten sind da?
Momo hält einen vollen Plastiksack hoch.
Conni: Schön wär ja auch, ihr würdet mit blanken Ärschen bei Axel einreiten in die Kanzlei!
Rita: Ich denk mir mal, du bist da vor allem an unseren Ärschen interessiert, Susannes und meinem.
Conni: Wird nicht geleugnet.
Axel: Jetzt noch Momos Ding. Hast du schon eine Idee, wie du jemand aus dem Haus dazu kriegst, vorbeizukommen, wenn die drei strippen? Unseren unverdächtigen Zeugen?
Momo: Ich hab sie. Muß ich sie auch sagen?!
Axel: Muß bloß klappen!
Momo: Das hättest du wieder weglassen können.
Rita: Andiamo!

Maklerbüro

Ein enger Raum. Der Jungmakler Hetzke hinter seinem Schreibtisch – vor ihm Ingo. Sonst niemand im Büro.
Ingo: Heute so einsam, Herr Hetzke? Ich hätte recht gerne Ihre reizende Sekretärin begrüßt.
Hetzke: Meine reizende Sekretärin läßt sich für heute entschuldigen.
Dann streckt er ungeniert die Hand aus. Ingo legt ihm

sein Dreitausendmarkcouvert in die Hand. Hetzke öffnet es, zählt und hält seine Hand wieder hin.
Ingo: Dreitausend, Herr Hetzke. Angesichts des Zustands der Räume mehr als angemessen, meine ich.
Hetzke: Der Zustand der Räume, Herr Pohl, schlägt sich doch wohl mehr als genug in der Miete nieder. Das ist ja schon keine Miete mehr, das ist ja eher ein, wie soll ich das nennen, eine Proformagebühr. Sehn Sie sich doch mal auf dem Markt um! Ich bedaure fast, daß ich letztens zu erkennen gegeben habe, daß ich ein Herz für Existenzgründer habe und noch dazu Künstler. Schließlich bin ich selbst Existenzgründer und weiß, was läuft. Nehmen Sies mir also nicht ganz so übel, daß auch ich nicht so ohne weiteres auf zweitausend Mark verzichten kann, zumal andere Bewerber sehr positiv auf mein Angebot reagieren, und zwar inklusive der fünftausend, wie Sie ja auch wissen.
Ingo: Ich hab nicht mehr bei mir.
Hetzke: Tja. Da wäre ja dann auch noch meine Courtage und die ersten zwei Monatsmieten. Wie dachten Sie sich das denn?
Ingo: Die habe ich. Das heißt meine Partnerinnen, die draußen warten.
Hetzke: Wenn das so ist, dann würde ich sagen, Sie nehmen dieses Geld, tun es in ein weiteres Couvert und verfahren damit wie gehabt. Das könnte mich veranlassen, auf die ersten zwei Mieten zu verzichten, und meine Courtage sowie die Vertragsgebühr könnten Sie dann überweisen. Das ist doch Kulanz, oder?
Ingo steht auf. Er ist einverstanden. Er öffnet die Bürotür sehr weit und geht zu Rita, die wie Susanne im Vorraum wartet. Rita und Susanne kommen ihm entgegen und versuchen bei dieser Gelegenheit, Übersicht über das Bürochen zu kriegen.
Ingo: Gibst du mir mal das Geld für die Mieten?
Rita überreicht ihm ihr Couvert. Sie versucht, mit Ingo in das Bürochen zu kommen.

Hetzke: Tut mir leid, meine Dame, in dieses winzige Kabuff, das kann ich Ihnen unmöglich zumuten! Ich bin ja keine ehemalige volkseigene Wohnungsverwaltung und kann es mir nicht leisten, meine besten Räume für den Eigenbedarf zu nutzen.
Er läßt Ingo zu sich und macht auch die Tür hinter ihm zu. Ingo überreicht ihm das Couvert. Hetzke zählt und ist zufrieden. Er übergibt Ingo den Mietvertrag.
Hetzke: Unterschreiben Sie, und Sie können in der Wohnung und in dem Laden anstellen, was Sie wollen, im Rahmen der Gesetze versteht sich, immer auf dem Boden der Gesetze bei mir!
Ingo unterschreibt.

Treppenhaus

Es ist das Treppenhaus vis-à-vis dem Maklerbüro. Im ersten Stock ist Conni. Er arbeitet mit einem Spiegel, mit dem er offensichtlich das Bürochen einsehen kann.

Hausflur

Ingo, Rita und Susanne verlassen das Maklergeschäft. Eine halbe Treppe höher erwarten sie Momo und Axel mit dem Plastiksack, nicht viel später kommt Conni dazu.
Momo: Und jetzt kommen wir zum spannendsten Teil.
Rita, Susanne und Ingo fangen an, sich auszuziehen. Momo und Conni empfangen die Sachen und durchsuchen langsam alle Taschen nach Geld.
Als sie zu dritt in Unterwäsche dastehen, erklärt Momo: Ich gebe zu Protokoll, daß *alle* Sachen der drei Personen, die bei Herrn Hetzke waren und mit ihm verhandelt haben, absolut leer waren von jeglichen Gegenständen, vor allem von Geld oder Geldeswert.

Axel: Ich danke Ihnen, Herr Stefanski.
Rita: Wo bleibt jetzt dein Zeuge. Das zieht hier!
In dem Moment öffnet sich eine der Mietertüren, und ein Siebzigjähriger tritt auf die Treppe. Ihm fallen fast die Augen aus dem Kopf.
Momo: Na, hab ich Ihnen zuviel versprochen, Herr Brettschneider? Danke!
Der Alte: Ich danke *Ihnen*! Daß ich das noch erleben durfte!
Momo: Herr Isenthal! Bestehen Sie darauf, daß sich die drei Personen noch weiter entkleiden?
Axel: Ich denke nicht. Selbst beim besten Willen könnte ich mir nicht vorstellen, wo eine der drei Personen eine Summe von fünftausend Mark versteckt haben sollte. Danke.
Die drei ziehen sich an mit Sachen, die aus dem Plastiksack stammen. Die ausgezogenen Sachen kommen in den leeren Sack, der irgendwie versiegelt wird.
Dann verlassen alle die Treppe, bis auf Ingo, der wieder zu Hetzke geht.
Zuletzt ist da bloß noch der Alte, der noch mal ruft: Danke!
Bevor ihn seine Alte zurück in die Wohnung zieht.

Büro Hetzke

Hetzke: Ist noch was, Herr Pohl?
Ingo: Die fünftausend Mark, Herr Hetzke, die ich Ihnen soeben gegeben habe. Ich fordere sie zurück!
Hetzke: Soll ich das so verstehen, daß Sie es sich anders überlegt haben und vom Mietvertrag zurücktreten? Dann muß ich Sie auf die Kündigungsfrist hinweisen.
Mit im Büro ist jetzt seine Sekretärin.
Ingo: Ganz im Gegenteil! Ich will nur die fünftausend Schmiergeld zurück.
Hetzke: Was für fünftausend? Was für Schmiergeld?

Ingo: Die ich Ihnen vor genau zehn Minuten in zwei Couverts übergeben habe.
Hetzke: Unter Zeugen selbstverständlich.
Ingo: Das lassen Sie meine Sorge sein.
Hetzke: Hast du irgendwelches Geld den Besitzer wechseln sehen in den letzten zehn, zwanzig Minuten?
Ingo: Wie denn. Ich war allein mit Ihnen.
Hetzke: Herr Pohl! Ich versteh Sie ja. Die Aufregung! Das Glück über die langersehnte Wohnung und die langersehnten Geschäftsräume. Da übersieht man manches, selbst eine so reizende Person wie die Anwesende, zumal sie zu den Stillen gehört, die nicht viel Aufhebens von sich machen...
Die junge Frau lächelt zwar, aber ganz wohl ist ihr in ihrer Haut nicht.

Kanzlei

Einmarsch der Studenten in die Kanzlei. Jeder von ihnen grüßt sehr höflich mit Guten Tag, das sind fünfmal guten Tag mal zwei. Für Senta und für Axels Mutter.
Axel fragt seine Mutter: Können wir mal das Museum haben?
Die Isenthal: Im Prinzip ja, es sei denn, ihr wollt hier eine Jam-Session abhalten oder sowas.
Axel: Keine Bange. Es handelt sich um keine Zweckentfremdung. Wir bewegen uns in rein rechtsstaatlichen Gefilden.
Momo: Im Gegenteil wäre es uns nicht unangenehm, wenn Sie, gnädige Frau, bei der Sache anwesend wären und uns beratend, noch besser: vertretend, zur Seite stünden.
Die Isenthal: Senta!? Kommst du mal? Hier findet in Kürze ein Hochdeutschseminar statt, und eins in korrektem Benehmen.
Senta: Danke!
Aber sie kommt doch bis zur Tür. Reine Neugier.

Momo entleert auf dem großen Tisch den Sack mit den Klamotten Ingos und der beiden Mädchen, die sie vorm Maklerbüro ausgezogen haben.
Momo: Herr Isenthal! Würden Sie bitte nunmehr sich bereitmachen, mit mir zur Protokollierung der abgelegten und als leer von allen Gegenständen, insbesondere von Geld oder Geldeswert, befundenen Textilien zu schreiten?
Axel: So gern ich das täte, Herr Stefanski – ich habe aber noch eine wichtige Transaktion mit dem Geschäftsführer abzuwickeln, sobald er eintrifft.
Momo: Darf ich Sie dann bitten, Herr Schröder?
Axel: Tut mir leid, Herr Stefanski, Herr Schröder wird in gewisser Weise Gegenstand dieser Transaktion sein. Vielleicht, Senta, wären Sie bereit, dieses Protokoll aufzusetzen?
Senta: Ick weeß zwar nich, seit wann wir wieda uff Sie sind, und ick weeß zwar nich, wat hier eigentlich vorjeht – aba von mir aus. Vorausjesetzt, meine Arbeitjeberin stimmt zu. Ansonsten müßten wa dit uff Honorarbasis machen und nach meiner Arbeitszeit.
Die Isenthal: Ich weiß zwar ebensowenig, was vorgeht – aber bitteschön.
Momo: Ein BH Größe ...?
Susanne: ... drei.
Momo: Sehr schön.
Senta: Moment, ick muß erst mal mein Arbeitsgerät zusammensuchen.
Momo: Ein Hemd!
Draußen geht die Klingel.
Rita: Das ist ein Top!
Senta kommt mit Block und Kuli zurück – bei sich Ingo.
Senta: Der Herr will zu euch!
Axel: Liebe Mama! Dies ist Herr Pohl, unser Geschäftsführer. Sehr geehrter Herr Geschäftsführer! Dies ist meine sehr verehrte Frau Mama. Wie ist es gelaufen?

Ingo: Wie gedacht. Nur daß er gleich seine reizende Sekretärin zur Hand hatte, die praktisch schon meineidig ist.
Axel: Sehr schön. – Herr Geschäftsführer, sind Sie bereit, im Interesse der Sache Ihre Forderung von fünftausend Mark an den Makler Hetzke, die Sie willens und bereit sind, gerichtlich einzuklagen, in der Voraussicht, daß besagter Herr Hetzke freiwillig Ihrer Forderung nicht nachkommen wird, an Herrn Schröder abzutreten?
Ingo: Ich verstehe zwar nicht warum, Herr Isenthal, aber...
Axel: Weil Sie als Ankläger in dem anliegenden Verfahren nicht zugleich Beweismittel, sprich Zeuge, sein können.
Conni: Und warum icke und nicht du zum Beispiel.
Axel: Weil sonst keiner in Frage kommt. Unsere Damen fallen aus, weil schon Zeugen. Sie werden aussagen, daß Sie den Raum überblicken konnten und außer den Herren Hetzke und Pohl leer gesehen haben, und ich werde demnächst ein vorbestrafter Kokser sein...
Momo: Eine Damenstrumpfhose.
Senta schreibt.
Axel liest die vorbereitete Abtretungserklärung vor:
Ich, der endunterzeichnete Ingo Pohl, trete hiermit meine Forderung von fünftausend Mark an Herrn Hetzker an Konrad Schröder ab.
Ingo unterschreibt.
Ingo: Frau Isenthal? Würden Sie uns in dieser Sache vor Gericht vertreten?
Die Isenthal: Und was ist das mit den Sachen hier?
Senta: Dit sind die, die se bei dem makellosen Makler anhatten und die se ausgezogen haben, damit eens klar is – die fünf Mille sind nich wieda mit rausjekommen.
Rita: Klasse!
Senta: Firma dankt.
Die Isenthal: Abgesehen davon, daß das Gericht die ganze Sache als Komplott bewerten könnte, braucht ihr mich da eigentlich nicht. Und abgesehen davon, daß Herr Schröder

die Abtretungserklärung mitunterschreiben muß, sonst ist es lediglich eine einseitige Erklärung.
Conni: Mach ich nur, wenn dazugeschrieben wird: an Herrn Hetzke, das neukapitalistische Arschloch.
Die Isenthal: Davon siehts nicht weniger nach Komplott aus.
Senta: Sondern eher mehr.
Von draußen kommt schon nach geraumer Zeit Autohupen, sonores Autohupen. Senta geht zum Fenster, die Isenthal folgt ihr, auch einige der Studenten.
Unten stehen die Cowboys breit grinsend neben ihrem Cadillac und winken.
Senta: Wennse könnten, würdense jetzt die Treppe hochfahren, oder kommen die gar nicht mehr hoch und ab nach Kanada?
Die Isenthal: Die kommen, keine Bange.
Momo: Heißet Teil. Aber weiter. Eine Damenstrumpfhose ...
Dann geht die Klingel. Die Isenthal öffnet. Die Cowboys drängen in die Kanzlei. Jeder einen Autoschlüssel an einer Kette und die dazugehörigen Fellschwänze, führen sie einen Tanz auf, den sie für einen kanadischen Holzfällertanz halten, der aber eher nach Bayern aussieht. Nur ihre Rufe sind original: Jippijeh.
Liebling steckt den Kopf aus seinem Büro, bei ihm Ria.
Liebling: Alles klar?
Die Cowboys: Allet klar, Chef.
Ria: Kanada ruft?
Der Kleine: Kanada ruft jewaltich.
Der Große: Na ja, erst brauchen wa maln Visum und all dit.
Senta: Und warme Sachen.
Der Kleine: Könnte een Problem sein. Sowat jibts ja janich in old Juropp, für die polare Kälte.
Liebling: Hab ich ne gute Adresse für warme Sachen. Und wenns mit dem Visum Probleme geben sollte, was ich nicht glaube, ich kenn da jemand in der Botschaft.
Der Große: Schön Dank, Chef. Wir komm druff ssurück,

wennt nich andas jeht. Aba jetzte möchten wa erst ma die jesamte Besatzung der ruhmreichen Kanzlei Isenthal-Liebling ssu eine kleine Stadtrundfahrt mit unsan Großkanu einladen, mit anschließende Vaköstijung in eine Kneipe Ihra Wahl.
Liebling und die Isenthal aus einem Mund: Im Prinzip ja, aber im Moment kein Gedanke.
Der Große: Denn vielleicht die beiden Damen?
Senta: Bei mir ja – wenn ick aus dem Komplott hier raus bin und wenn ick die Erlaubnis kriege.
Ria: Ich bin ein freier Mensch, aber ich würde Herrn Liebling im Moment auch nur ungern im Stich lassen.
Der Kleine: Wir warten. Ham wa solange jewartet, kommts uff die Minuten ooch nich an.
Der Große: Oder wir fahrn solange waschen!
Das ist ihr Abgang. Auch die Isenthal geht in ihr Büro zurück.
Senta protokolliert weiter.
Momo: Eine weitere Damenstrumpfhose.
Rita: Bist du dir darüber im klaren, daß du einen starken Trend zum Fetischismus hast?
Momo: Ein Herrenpullover.
Conni: Ich hab mir ne Anwaltskanzlei immer als ne staubtrockene Bude vorgestellt.
Senta: Kann mal jemand für mich weitermachen? Muß mal zu meine Chefin.
Susanne übernimmt ihren Platz.

Büro Isenthal

Senta: Wollnse dit wirklich nich machen?
Die Isenthal: Klar mach ichs. Aber wenn so was um sich greift, wird man als Anwalt überflüssig.
Senta: Ick vasteh Sie. Aber sehnse dit doch ma so: Die Hauptarbeit is schon erledigt, Sie brauchen bloß noch die Sahne runterzuschlecken.

Draußen das bekannte Hupen. Im selben Moment kommt Ria ins Zimmer.
Ria: Kommen Sie?
Senta: Komme.
Und die Isenthal hat keinen Einspruch.
Senta und Ria gehen. Nach ihnen kommt Axel ins Zimmer.
Axel: Wieso Komplott? Hetzke hat den Anfang gemacht. Die fünftausend waren seine Bedingung, nicht etwa unsere Idee! Das ganze ist in zwei voneinander unabhängigen Vorgängen zu unterschiedlichen Zeiten gelaufen.
Die Isenthal: Schon klar. Aber wolltest du nicht Musik studieren?

Straße vor dem Isenthal-Haus

Gumpert und an seiner Seite Frau Gumpert kommen die Straße herunter. Sie gehen gemessenen Schrittes. Beide sind in Trauerkleidung.

Kanzlei

Es klingelt. Nichts rührt sich. Draußen beginnt es zu dunkeln. Schon nach Feierabend. Dann kommt Liebling aus seinem Zimmer, im Hausmantel. Er öffnet. Vor ihm die Gumperts.
Gumpert: Ich weiß, Herr Liebling, schon nach Feierabend, aber die Sache ist dringend.
Liebling: Was ist passiert?
Gumpert: Unser Kleener is dot. Wir kommen gerade vom Friedhof.
Frau Gumpert: Totoperiert.
Gumpert: Kannste doch so einfach nicht sagen!
Frau Gumpert: Sag ich aber.
Liebling: Kommen Sie doch erst mal rein.
Er nimmt sie mit in sein Büro.

Kanzlei. Büro Liebling

Gumperts sitzen Liebling in seinem Büro gegenüber.
Gumpert: Irgendwie sieht dit hier aus wie in dem Sargladen, in dem wir waren. Tschuldigung.
Frau Gumpert: Es hat damit angefangen, daß die uns im Krankenhaus beinah nicht annehmen wollten mit dem Kleenen. Wochenende. Am Wochenende darfste nicht krank werden, jedenfalls nich als Kassenpatient. Dann haben sie gesagt, der Groschen würde den Körper auf natürlichem Wege verlassen, und wir sollten uns nicht unnütz aufregen. – Wenn da überhaupt ein Groschen oder sonstwas wäre. Sie haben ihn untersucht und gesagt, das wäre ja bloß eine Mandelentzündung, und haben ihm Penicillin gegeben und was zur Beruhigung.
Gumpert: Der Kleene hatte einen Groschen verschluckt! War ja nicht das erste Mal, bloß bis dahin waren wir immer schneller. – Sie haben ihn denn ja auch gefunden. Aber uns nicht glauben!
Er holt aus seiner Tasche ein Tuch. In dem Tuch ist der Groschen. Er legt beides auf Lieblings Schreibtisch.
Frau Gumpert: Ich hab gesagt, sie sollen doch röntgen, aber wollten sie nicht.
Gumpert: Die Frau Doktor hat aber auch erklärt, warum nicht. Wegen der Röntgenstrahlung und gerade bei Kindern. Die ist nämlich eigentlich ganz in Ordnung. Sone Junge.
Liebling: Und jetzt wollen Sie gegen die Ärzte vorgehen wegen fahrlässiger Tötung?
Frau Gumpert bestätigt das.
Gumpert: Bloß daß er davon auch nicht wieder lebendig wird.
Liebling: So was nennt man dann ärztlicher Kunstfehler. Eine hohe Strafe zieht das nie nach sich. Vielleicht ist es besser, ein Schmerzensgeld zu fordern.
Frau Gumpert: Mir geht es nicht um Geld, sondern darum, daß so was beim nächsten Mal nicht wieder vorkommt

und daß unsereins beim nächsten Mal ernst genommen wird. Mein Mann steht nicht immer mit beiden Beinen auf dem Boden des Gesetzes, aber unsere Beiträge haben wir immer bezahlt, und was kann der Junge dafür?
Gumpert schweigt.
Liebling: Sie wollen also Strafantrag stellen gegen die Ärzte? – Ich sehe eine Kette von Gutachten auf uns zukommen, und ich weiß, daß Ärzte gegen Ärzte sich sehr schwer tun.
Frau Gumpert: Es ist ihm dann von Tag zu Tag schlechter gegangen. Er hat angefangen zu fiebern, zu husten, nicht mehr zu essen. Ich hab Tagebuch geführt. Jeder hätte sehn können, daß da was nicht in Ordnung war, nur Ärzte wohl nicht. Ich hab dann ... wir haben dann noch mal verlangt, daß geröntgt wird, da war schon alles entzündet von dem Groschen, der da gesteckt hat ...
Gumpert: Und dann erst haben sie operiert ...
Frau Gumpert: Und keiner kann uns erklären, warum sie das nicht gleich gemacht haben. Weil sies nicht interessiert hat. Weils ihnen egal war. Weil sie an ihr Wochenende gedacht haben. Weil sie uns für Asoziale gehalten haben.
Gumpert: Kann ja auch sein, es war für den Kleenen am besten so. Was hätte der für Chancen gehabt? Keine. Der hätte ja nicht mal in Vaters Fußstapfen treten können. Bloß so zu quälen hätte er sich nicht brauchen.

Büro Hetzke

Hetzke, seine Sekretärin, die Isenthal, Axel, Ingo.
Die Isenthal: Herr Hetzke, Sie bleiben also dabei, daß die von Herrn Pohl Ihnen gegenüber geltend gemachte Forderung gegenstandslos ist, weil keineswegs irgendeine Summe an Sie gezahlt worden ist. Dabei berufen Sie sich auf Ihre Sekretärin als Zeugin, die, wie Sie behaupten, bei Ihrem Gespräch mit Herrn Pohl zugegen gewesen sei

und demgemäß die Übergabe von Geld gesehen haben müßte. Und Sie, Frau Jonoleit, stehen auch zu Ihrer Aussage.
Die Sekretärin mit einem Kloß im Hals: Ja.
Hetzke: Glauben Sie wirklich, ich als Existenzgründer könnte mir am Anfang meiner Karriere solch einen Lapsus leisten? Vielmehr frage ich Sie, ob ich und auch Sie hier nicht die Opfer eines Komplottes sind, um auf billige Art und Weise an fünftausend Mark zu kommen?
Die Isenthal: Lassen Sie das bitte meine Sorge sein. Glauben Sie wirklich, sechs erwachsene Leute treiben einen so gewaltigen Aufwand, wie sie es getan haben, um am Ende fünftausend Mark durch sechs zu teilen?
Hetzke: Es sind schon Leute wegen fünf Mark umgebracht worden.
Die Isenthal: Wohl wahr. Aber Sie leben, und ich kann mir sehr lebhaft vorstellen, daß ein Richter die von meinen Mandanten hergestellte Beweislage würdigt, und dann haben Sie sich des Betrugs *und* des Prozeßbetrugs schuldig gemacht, und das kann Ihnen bis zu fünf Jahren einbringen und Ihnen, Frau Jonoleit, falls Sie auch vor Gericht auf Ihrer Aussage beharren, wegen falscher uneidlicher Aussage dito. Das wollen Sie riskieren?
Beide, Chef und Sekretärin, schweigen. Beide auf unterschiedliche Weise. Er mit dem Versuch, eisern zu sein, sie eher unsicher.

Vor dem Maklerbüro

Die Gruppe wartet.
Dann kommen die Isenthal, Axel, Ingo.
Ingo: Hart wie Kruppstahl, der Junge, und frech!
Rita: Also Klage?!
Die Isenthal: Also Klage.
Momo: Können wir eigentlich einziehen solange.
Die Isenthal: Niemand kann euch hindern.

Da sind Schritte hinter ihnen – Frau Jonoleit.
Frau Jonoleit: Frau Isenthal! Kann ich Sie mal sprechen, allein?
Die Isenthal bleibt stehen, die Gruppe geht weiter.
Frau Jonoleit: Ich habs mir anders überlegt. Er wird mich jetzt feuern, aber egal, das heißt, nicht egal, aber ich kann nicht dazu stehen. Ich war nicht dabei, bei dem Gespräch. Er hat von mir verlangt, daß ich es sage, sonst ...
Die Isenthal: Sonst?
Frau Jonoleit: Muß ich das sagen? Es ist mehr privat. Wir haben ein Verhältnis ..., das heißt: Jetzt hatten wir wohl eins.
Die Isenthal nimmt sie am Arm, und sie geht mit ihr zurück in Richtung Maklerbüro.
Frau Jonoleit: Muß ich mit rein?
Die Isenthal: Iwo. Man muß sich auch nicht überfordern.

Büro Hetzke

Hetzke bei Cognac. Die Isenthal kommt.
Hetzke: Kann ich noch was für Sie tun? Sehn Sie die Sache anders jetzt?
Die Isenthal: Allerdings. Frau Jonoleit hat mir eben erklärt, daß sie nicht so aussagen wird, wie Sie von ihr verlangt haben.
Hetzke: Sondern?
Die Isenthal: Der Wahrheit entsprechend.
Die Tür geht auf – Frau Jonoleit.
Hetzke schenkt sich nach. Dann kalt: Würden Sie mich mit Frau Isenthal allein lassen, Fräulein Jonoleit?
Frau Jonoleit: Thomas, ich ...
Hetzke: Bitte!!!
Die Frau sucht ihre Sachen im Büro zusammen, alle Sachen, und geht.

Straße

Die Gruppe sieht der Isenthal entgegen. Als die Isenthal bei ihnen ist, ist zunächst Ruhe. Dann überreicht sie Ingo fünf Tausender.
Susanne: Was sind wir Ihnen schuldig?
Die Isenthal: Ne Pizza und nen Grappa.

Kanzlei. Büro Liebling

Liebling sitzt hinter seinem Schreibtisch, davor Ria. Der Schreibtisch ist zugedeckt mit anatomischer Fachliteratur, darunter ein anatomischer Atlas. Ria hat ein medizinisches Wörterbuch zur Hand, in dem sie nachsieht, sobald Liebling eine medizinische Vokabel nicht versteht.
Liebling: Oesophaguseingang?
Ria: Speiseröhreneingang.
Liebling: Da saß der Groschen. Hypopharynx?
Ria: Hypo ... Hypopharynx ... das ist das Stück zwischen Kehlkopf und Speiseröhre, auch Kehlkopfrachen.
Liebling: Klonisch-tonische Krämpfe der Gliedmaßen, deswegen haben Gumperts erst gemerkt, daß der Junge einen Groschen im Hals hatte.
Ria: Klonisch ... das geht nicht so schnell ...
Liebling: Mediastinum?
Ria: Klonisch-tonische Krämpfe sind welche, wo du mal zitterst und mal nicht zittern kannst.
Liebling: Ich frage mich, warum schreiben die das dann nicht hin. Und ich vermute mal, deswegen nicht, damit Laien wie wir erst gar nicht die Chance haben, was zu verstehen und ihnen auf die Schliche zu kommen. Was war nun Mediastinum?
Ria: Mittelfell zwischen den beiden Lungen.
Liebling: Dann ist Mediastinalabzeß eine Entzündung des Mittelfells. Sternum?
Ria: Sternum? Brustbein.

Liebling: Sternotomie wäre dann?
Ria: Aufschneiden des Brustbeins würde ich mal sagen.
Liebling: Und collare Incision?
Ria: Collar wird was mit Hals sein, siehe Collier …
Liebling: Und Incision ist, wenn mich mein Latein nicht ganz verläßt, so was wie ein Schnitt. Mit anderen Worten, der Professor hat den Hals aufgeschnitten, damit er an die Speiseröhre kam, dann hat er die Röhre aufgeschnitten, damit er an den Abzeß kam, der war aber schon weiter, im Mittelfell nämlich, und um da ranzukommen, hat er das Brustbein aufgeschnitten … Ist dir schlecht?
Ria bestätigt das. Liebling gibt ihr einen Cognac – und sich schenkt er auch ein.
Ria: Ich bin Referendar und nicht Assistenzarzt, verdammt!
Liebling: Weiter. Wir packen das. Die denken, vor so was kapitulieren wir. Aber wer sind wir denn? Richter? Staatsanwälte? Blutige Laien?
Ria: Blutige Rechtsanwälte.
Liebling: Jetzt kommt eine Thorakotomie.
Ria: Thorax ist Brustkorb …
Liebling: … und tomie aufschneiden. Das heißt, der Professor mußte auch noch an die Lunge, weil die nämlich auch schon entzündet war, und spätestens da ist er hektisch geworden. Ich nehme an, da war schon alles zu spät, und ich nehme an, das hat er auch gewußt. Denn jetzt kommt eine Herzmassage … Transfusionen … Injektionen … und aus.

Monbijoupark

Liebling läuft langsam durch die Parkwege und redet ins Diktaphon. Bei ihm Ria mit einem Block Notizen.
Liebling: Nebenklage Gumpert. Antrag auf Hinzuziehung eines weiteren Sachverständigen. Vorgeschlagen wird Professor Hürlimann von der Eidgenössischen Kinder-

klinik Zürich. Der Sachverständige wird beweisen, daß es sich bei dem Operationszwischenfall nicht um ein tragisches, aber unabwendbares Ereignis gehandelt hat, sondern um einen ärztlichen Kunstfehler. Insbesondere wird der Sachverständige darlegen, daß trotz der Befürchtung der Strahlenschädigung mit dem sofortigen Entfernen des Fremdkörpers im Oesophaguseingang – Oesophagus mit peha und oe, Senta! – nicht gewartet werden durfte. Ferner wird der Gutachter die Frage erörtern, ob ein noch so versierter HNO-Arzt die Kompetenz hatte, eine Operation anzugehen, bei der nicht auszuschließen war, daß auch der Lungenraum betroffen sein könnte. Weiterhin ...

An der Spree

Ria: Wenn der Hürlimann das auch so sieht, dann müßte doch jedes andere Gutachten nach menschlichem Ermessen vom Tisch gefegt werden. Und warum sollte er das nicht so sehen, wenn wir als Laien das schon so sehen?
Liebling: Dein Wort in Gottes Ohr! – Nur Gott kann eigentlich einem Gott in Weiß einen Fehler nachweisen.
Ria: Die haben bei dem Jungen einfach nicht so genau hingesehen, weil er hirngeschädigt war und deswegen retardierte, wie sie das nennen, was ja wohl soviel heißt, daß er sich praktisch rückentwickelte?
Liebling: Ausschließen kannst dus nicht, aber auch nicht beweisen. Da wärn wir dann bei so was wie Euthanasie – und das ist mir für den Moment ein zu weites Feld. Weiter ...

Amtsgerichtssaal

Liebling trägt vor: ... steht eindeutig im Sektionsprotokoll, Band zwei der Akten, Blatt 35, daß die zwei scharf durchtrennten Arterien keineswegs zu den atypisch verlaufenden Arterien gehörten, sondern da lagen, wo sie hingehörten. Eine Tatsache, die durch nichts aus der Welt zu kriegen ist – und die auch durch nichts zu rechtfertigen ist.

Außer dem Gericht, dem Staatsanwalt, Liebling, Ria und den Gumperts sind im Saal Professor Nieswandt, ein klassischer, auf Renommee bedachter Mediziner, seine Assistenzärztin Frau Thomas und beider Verteidiger: Professor Schildknecht, eine Schnellfeuerkanone von Rechtsanwalt, und Rechtsanwalt Brauer.

Schildknecht: Lieber Herr Liebling! Ich kenne Ihren Beweisantrag! Wir alle kennen ihn. Er wird dadurch nicht einleuchtender, daß Sie ihn hier rezitieren, statt daß wir den Sachverständigen hören, der offensichtlich von Selbstzweifeln geplagt ist, ob er denn Ihren Vorgaben auch gerecht werden kann, sonst wäre er wohl längst zugegen...

Liebling: Zürich ist nun mal kein Vorort von Berlin.

Schildknecht: Mir ist auch klar, wie das gelaufen ist: Bei Hürlimann ist Ihnen Zürich eingefallen, bei Zürich ist Ihnen Schweiz eingefallen und bei Schweiz neutral.

Liebling: Warum sollte ich das leugnen. Ist doch auch kein Wunder, bei der Penetranz, mit der in solchen Verfahren bis heute immer wieder nur Größen aus der Berliner Medizinerfamilie hier ihre Gutachten abgeben durften.

Und zu Ria: Ruf in Zürich an, und frag, ob unser Mann wenigstens abgereist ist!

Ria verläßt den Saal.

Schildknecht: Wir haben doch alles Für und Wider mehrfach diskutiert. Auch das mit dem OP-Saal. Er war durchaus gerüstet. Auch das mit den Blutkonserven, die nicht gekreuzt waren und die recht spät kamen. Sie waren nicht gekreuzt – aber sie waren verträglich. Sie kamen spät – aber nicht zu spät und was dergleichen mehr ist. Alles nicht neu!

Ria kommt zurück. Sie teilt Liebling etwas mit, was Liebling sofort weitergibt.

Liebling: Wir haben in Zürich angerufen: Professor Hürlimann ist pünklich mit dem ICE Zürich-Frankfurt abgefahren, müßte also jede Minute eintreffen, und wir dürfen gespannt sein, wie er die Frage der Blutkonserven beantwortet. Sie kamen nicht zu spät, sagen Sie, das heißt doch, sie waren nicht im OP. Und sie waren nicht im OP, weil keiner mit so massiven Blutungen gerechnet hat, wie sie dann auftraten. Und gerechnet hat keiner damit, weil keiner voraussehen konnte, daß ein Mann wie Professor Nieswandt Arterien durchtrennt – nicht mal er selber!

Nieswandt putzt indigniert seine Brille. Er will sich wohl auch äußern, wird aber von Schildknecht gehindert.

Schildknecht: Weil nichts zu sehen war, Herr Liebling! Weil das gesamte Operationsfeld von Blut überschwemmt war – von venösem Blut, das in dem zundrigen Gewebe praktisch nicht zu stillen war! Das wissen wir doch! Und wir wissen auch, daß dieser Fakt nicht von meinem Mandanten zu verantworten war. Nicht er hat den kleinen Patienten aufgenommen – vielmehr Frau Thomas.

Anwalt Brauer: Meine Mandantin hat als Assistenzärztin die Situation des Kindes in den täglichen Mittagsbesprechungen wiederholt dargestellt, wie sie auch wiederholt eine konservative Therapie vorgeschlagen hat, ohne Widerspruch zu hören – auch nicht von seiten Professor Nieswandts. Wie sie vorgegangen ist, war absolut Usus an diesem Krankenhaus.

Liebling: Usus war offenbar, nicht hinzuhören, was Eltern über ihr Kind zu sagen hatten, daß es nämlich einen Groschen verschluckt hatte. Usus war, daß Assistenzärzte keine eigenen Meinung zu haben hatten, und wenn doch, hatten sie sie nicht zu äußern.

Professor Nieswandt: Das ist eine Unterstellung!

Liebling: Usus war, daß harte Gegenstände in Speiseröhren nach zwei Tagen ausgeschieden zu werden hatten. Und Usus war auch, Groschen als Bagatellen abzutun. Professor Hürlimann wird darlegen, daß im Rest der Welt bei Groschen im Hals Alarm angesagt ist. Der Fehler

meiner Mandanten war offenbar, daß sie nicht von vornherein von einem Markstück geredet haben.
Anwalt Brauer: Das Kind ist nicht einfach wegen des Groschens im Hals eingeliefert worden. Es hatte Krämpfe und Fieber und außerdem einen Groschen verschluckt. Und Fieber hatte es wegen einer Mandelentzündung, die von meiner Mandantin mit Antibiotikagaben behandelt wurde. Zu Krämpfen neigte es wegen seiner generellen Schädigung. Das eben ist die von uns immer wieder dargestellte Verkettung unglücklicher Umstände.
Der Vorsitzende hört es hinter sich im Richterzimmer klingeln. Er verläßt seinen Platz.
Liebling: Der Groschen ist schuld, weil er sich verschlukken ließ! Klagen wir den Groschen an!
Der Vorsitzende nimmt wieder seinen Platz ein.
Liebling: Oder war es nicht vielmehr so, daß in dieser Gesundheitsfabrik ein aufgeregtes Paar Eltern nicht weiter ernst genommen wurde, noch dazu eines, das ersichtlich eher dem Rand der Gesellschaft zugerechnet werden mußte und dann mit einem solchen retardierenden, das heißt schwer behinderten Kind, dem ohnehin keine großen Lebenschancen zugebilligt wurden?
Frau Thomas sieht zur Seite. Professor Nieswandt erhebt sich, um zu einer Entgegnung anzusetzen.
Der Vorsitzende: Meine Damen und Herrenl Ich muß Ihnen mitteilen, daß unser aus der Schweiz erwartete Sachverständige, Herr Professor Hürlimann, soeben angerufen hat. Er befindet sich auf offener Strecke zwischen Karlsruhe und Frankfurt. Sein ICE hat einen Motorschaden. An einen Ersatztriebkopf ist offenbar so schnell nicht zu denken. Daß er heute hier noch antreten kann, ist daher äußerst unwahrscheinlich. Ich habe ihn nach Zürich zurückbeordert und ihm gesagt, er möge bitte auf einen neuen Termin warten. Das heißt, wir müssen aussetzen und neu terminieren – es sei denn, die Nebenklage verzichtet auf den Sachverständigen.
Liebling: Das tut sie keineswegs.

Gumperts nicken.
Der Vorsitzende: Oder weiß jemand, wie wir dieses Verfahren, das, je länger es sich hinzieht, nur immer neues Leid für die Eltern des Kindes produziert, schnell und befriedigend zu Ende bringen können?
Frau Thomas wendet sich an ihren Anwalt. Sie tuscheln. Danach wendet sich Anwalt Brauer an Schildknecht, Schildknecht sich an Professor Nieswandt.
Der Vorsitzende: Offenbar gibt es von der Seite der Beklagten Überlegungen...
Schildknecht: Die gibt es. Von seiten der Mandanten kommt das Angebot, den Streit auf dem Wege der Zahlung einer Summe von 25 000 DM als Schmerzengeld an das Ehepaar, Paragraph 153a Strafprozeßordnung, beizulegen.
Der Staatsanwalt: Einem solchen Angebot haftet unweigerlich der Geruch von Freikauf an, auch für die Öffentlichkeit...
Schildknecht: Dieses Angebot will sagen: Wir, die Ärzte, waren an diesem tragischen Fall beteiligt, also im Sinne von Sophokles – und nur in diesem Sinne – schuldig, aber sonst schuldlos einem unabwendbaren Ereignis ausgeliefert. Schuldlos schuldig.
Der Vorsitzende: Die Kammer könnte über dieses Angebot nur nachdenken unter zwei Gesichtspunkten: daß die Nebenkläger damit einverstanden sind. Das ist zwar nicht zwingend vorgeschrieben, aber in diesem Fall unabweisbar.
Liebling: Ich beantrage eine Pause, um mit meinen Mandanten zu beraten.

Gang im Gericht

Gumpert: Und jetzt sollen wir entscheiden ob ... ob ...
Frau Gumpert: Jeld oder Leben.
Gumpert: Wir hätten unser ganzes bißchen Geld gegeben, wenn der Kleene noch dawär.

Liebling: Mit fünfundzwanzig Scheinen, Herr Gumpert, sauberen Scheinen, Herr Gumpert, könnten Sie ja vielleicht überhaupt sauber werden.
Frau Gumpert: Vielleicht, vielleicht aber auch nich.
Gumpert: Das wäre ziemlich gemein!
Frau Gumpert: Dann wärs wohl besser, wir prozessieren weiter.
Liebling: Wobei nicht sicher ist, ob die Ärzte verurteilt werden, und auch nicht, ob Sie später noch das Geld kriegen.
Frau Gumpert: Sagen Sie doch mal was!
Sie meint Ria. Auch Liebling ermuntert Ria.
Ria: Das Geld ist der Spatz in der Hand. Ein Urteil die Taube auf dem Dach.

Gerichtssaal

Liebling: Sehr geehrter Herr Vorsitzender! Meine Mandanten sind zu dem Schluß gekommen, das Angebot der Gegenpartei ... anzunehmen.

Wer schmeißt denn da mit Lehm …

Potsdamer Chaussee

Lenas Wagen kommt die Straße herunter. Es herrscht nicht viel Verkehr. Lena rast wie meist. Sie rast auf die nächste Kreuzung zu, obwohl sie rechts von sich ein Vorfahrtschild hat. Von rechts, auf der Hauptstraße, kommt ein roter Golf. Es wird unweigerlich zum Crash kommen … Lenas Wagen schlingert, wird aber nicht langsamer. Kurz vorm Crash reißt Lena das Rad nach rechts. Der Wagen biegt ein. Die im Golf kommen mit dem Schrecken davon und fahren weiter. Lenas Wagen kippt, legt sich aufs Dach und wird am Überschlag nur durch die auf der linken Seite der Hauptstraße parkenden Wagen gehindert. Lenas Wagen bleibt mit laufendem Motor und herausgefallener Frontscheibe auf dem Dach liegen. Irgendwann kommt Lena aus dem Wagen gekrochen. Sie sieht sich um, kein Mensch da, sie läuft los. Sie läuft auf Strümpfen. Ihre Schuhe dürften im Auto geblieben sein. Sie ist offenbar unverletzt. Dann kommt ihr ein Mann mit weißer Mütze, grüner Jacke und senffarbenen Hosen entgegen. Lena wird langsamer und gibt ihrem Gang etwas Starres, Mechanisches.
Der Polizist: Kann ich etwas für Sie tun? Sind Sie verletzt?
Lena: Anrufen. Liebling.
Der Polizist: Wer ist denn Ihr Liebling?
Lena: Anrufen. Liebling.
Sie will weiterlaufen.
Der Polizist: Wo haben Sie Ihre Schuhe?
Lena schweigt und geht los. Der Polizist hält sie an einer Schulter fest. Lena wendet und läuft wie aufgezogen in

die entgegengesetzte Richtung. So erreichen sie Lenas Wagen.
Der Polizist: Ist das Ihr Fahrzeug?
Lena: Anrufen. Liebling.
Der Polizist geht zum Wagen. Lena läuft weiter. Der Polizist muß zu ihr zurück. Er hält sie fest. Gleichzeitig ruft er per Walkie die zuständige Streife.

Krankenhaus

Liebling kommt eilig einen Gang herunter. Er sucht eine Zimmernummer. Da ist ein Weißkittel, Pfleger, wahrscheinlich Zivi.
Liebling: Zimmer dreizehn? Oder haben Sie das gar nicht?
Pfleger: Doch. Aber wir zeigen es nicht jedem.
Er führt Liebling hin.
Liebling: Sind Sie der Doktor?
Pfleger: Ich?! Ich bin Zivi, das ist alles. – Sind Sie ein Verwandter von ihr?
Liebling: Ich bin ihr Anwalt. Liebling mein Name.
Pfleger: Kapiert. Seit sie hier ist, sagt sie nur zwei Worte: Anrufen. Liebling. Ich hätts ja gemacht, aber wer ist ihr Liebling?
Liebling: Gott sei Dank wußten sies auf der Polizei. Gar nicht schlecht manchmal, wenn man bei der Polizei bekannt ist.
Pfleger: Schöne Frau.
Liebling: Wie sieht sie aus? Was ist ihr passiert?
Pfleger: Keine Verletzungen. Nur Schock. Aber das gibt sich wieder.

Krankenzimmer

Liebling kommt ins Zimmer. Lena lächelt ihn an.
Lena: Schön, daß du da bist.

Liebling: Wie gehts dir?
Lena: Jetzt gut.
Liebling: Was ist passiert?
Lena: Nichts.
Liebling: Du liegst im Krankenhaus.
Lena: Seh ich. Hältst du mich für blind?
Liebling: Also muß was passiert sein.
Lena: Ich war Schuhe kaufen. Und dann haben sie mich hierhergebracht. Mir ist kalt.
Und sie zittert am ganzen Körper. Liebling nimmt ihre Hand.
Lena nimmt seine Hand und zieht sie an ihren Busen.
Lena: Schlägt mein Herz noch?
Liebling: Völlig normal. – Und dazwischen? Zwischen Schuhekaufen und Krankenhaus?
Lena: Weiß ich nicht.
Liebling: Da bist du ins Auto gestiegen und losgefahren.
Lena: Ich bin nicht Auto gefahren. Ich bin gelaufen!
Liebling: Du und gelaufen? Du bist gefahren, und jetzt liegt dein Auto auf dem Dach, ist Schrott und vier andere auch. Potsdamer Chaussee. Was wolltest du in Potsdam? Gibts da ein Casino?
Lena hält die ganze Zeit seine Hand da, wo sie ist.
Lena: Mir wird immer kälter.
Liebling: Soll ich einen Arzt rufen?
Lena: Ja. Ich brauch jemand, der mich wärmt. Aber komm lieber du!
Sie rückt im Bett zur Seite und zittert zum Erbarmen. Liebling entledigt sich seiner Schuhe, seines Jacketts und legt sich zu ihr ins Bett. Er nimmt sie in die Arme, und Lena ist glücklich. Fast sofort hört sie auf zu zittern.
Liebling: Besser?
Lena: Ja.
Sie fängt an, Liebling zu küssen und unter der Decke Aktivitäten zu entfalten, von denen Liebling nicht weiß, was er von ihnen halten soll.

Liebling: Du bist krank!
Lena: Ja. Mir ist so kalt. Mach was!
Liebling: Was denn?
Lena: Streicheln! Du hast zuviel an!
Sie knöpft sein Hemd auf.
Liebling: Das ist ein Krankenhaus hier!
Lena: Aber ich erfrier trotzdem. Du bist ja auch ganz kalt!
Liebling: Eher im Gegenteil, und wenn du so weitermachst, garantier ich für nichts, Krankenhaus hin, Krankenhaus her. Oder ich drück auf die Klingel!
Lena: Nein. Garantier lieber für nichts.
Liebling: Na, schön! Du wirst schon sehn, was du davon hast! Kommt um die Zeit hier jemand rein?
Lena: Höchstens der Pfleger, aber der ist nett. Was hast du denn vor?! Ich denke, deine Libido ist auf Urlaub ... ist sie etwa zurück? Robert!

Kanzlei

Die Isenthal kommt in Lieblings Zimmer.
Die Isenthal: Komm doch mal!
Liebling folgt ihr in ihr Zimmer. Der Fernseher läuft. Bilder von der Demonstration gegen Ausländerfeindlichkeit vom November zweiundneunzig. Autonome werfen mit Eiern und Tomaten auf die Tribüne. Die Polizei springt über die Absperrung und wird handgreiflich ...
Liebling: Wer schmeißt denn da mit Lehm? Rechte?
Die Isenthal: Linke.
Liebling: Die sollten sich was schäm.
Die Isenthal: Rechte würden wohl keinen Lehm nehm. – Warum bist du eigentlich nicht hingegangen?
Liebling: Und du?
Die Isenthal: Weil ich genug hab von Demos, allemal von solchen verordneten. Ich denke immer, nächsten Tag kommt irgendein Verantwortlicher und fragt mich, wo

ich denn war! Sieht alles wie früher aus. Oben die Regierung, unten das Volk.
Liebling: Nur daß nichts flog!
Die Isenthal: Außerdem will ich mir nicht den Eindruck vom vierten November neunundachtzig versauen lassen. Da war nur Volk. Auf und vor der Tribüne. Und so muß das sein. Auch wenns heute heißt: Die Stasi stand in der ersten Reihe. Ich seh doch die Bilder vor mir. Keine Stasi.
Liebling: Wenns man stimmt. Hattest du eigentlich mit denen zu tun und dein Mann?
Die Isenthal: Die Frage beantworte ich nur in Anwesenheit meines Anwalts.
Liebling: Ah ja!
Die Isenthal: Was heißt: Ah ja?
Liebling: Ah ja! heißt ah ja! Soviel wie ach so!, sieh mal an!, schau her!
Die Isenthal: Hörte sich mehr an wie: Aha! Ertappt! Und jetzt beweise mal, daß du nichts mit denen zu tun hattest.
Liebling: Nichts von alledem habe ich gesagt noch gemeint. Du bist einfach überempfindlich.
Die Isenthal: Sag bloß, das wundert dich! – Warst du überhaupt schon mal auf der Straße demonstrieren?
Liebling: Ich? Nee! Ich weiß gar nicht, wie man das macht.
Die Isenthal: Man trifft sich mit Freunden, malt ein Plakat oder übt einen Sprechchor, und dann geht man dahin, wo alle sind.
Liebling: Das Problem ist: Ich hab ne Phobie gegen Massen. Ich krieg dann einfach keine Luft. Dabei hab ich nichts gegen Demos. Gut fürs Geschäft. Staat klagt gegen Demonstranten, Demonstranten gegen die Polizei … Sollte mich nicht wundern, wenn der erste Anruf morgen in aller Frühe von einem Demonstranten oder einem Polizisten kommt.

Kanzlei

Sentas Telefon klingelt. Sie hebt ab, meldet sich, lauscht. Aus ihren Zimmern kommen Liebling und die Isenthal. Liebling fragt sofort: Demonstrant oder Polizist?
Senta: Weder noch. Kameramann. Aber wegen der Demo gestern.
Die Isenthal: Wen will er denn?
Senta: Is ihm offenbar egal. Will einen Anwalt.
Die Isenthal zeigt auf Liebling.
Liebling: Polizei hat ihn verdroschen.
Senta: Nein. Er die Polizei.
Liebling: Widerstand gegen Vollstreckungsbeamte.
Die Isenthal: Sag ihm, er soll auf keinen Fall was aussagen! Einer von uns kommt!
Senta: Hören Sie! Machen Sie keine Aussage! Einer von uns kommt.
Sie lauscht weiter.
Senta: Der sitzt gar nicht.
Liebling: Dann schick ihn zu Issy. Die kennt sich besser mit Demos aus.

Krankenzimmer

Liebling auf Lenas Bettkante.
Liebling: Du bist auf die Kreuzung zugefahren, die Hauptstraße war vor dir. Mitten auf der Kreuzung hast du dein Auto rumgerissen, ohne zu bremsen, sagen die Zeugen. Die Kurve hast du gekriegt – aber nicht die richtige Fahrbahn, natürlich nicht, bei zirka hundert Sachen.
Lena: Wieso hundert?
Liebling: Weil du in der Stadt immer hundert fährst. Überschlagen hast du dich bloß nicht, weil da am andern Straßenrand reichlich Autos standen, geparkt, die haben dich aufgefangen. Vier Stück hast du demoliert, dann war Ruhe. Wenn da auch welche nicht nur geparkt hätten,

sondern auch gefahren wärn, wärst du jetzt in den ewigen Jagdgründen und wer weiß wie viele mit dir. Aber Besoffene haben bekanntlich einen Schutzengel.

Lena: War ich denn blau?

Liebling: Laut Blutprobe nicht. Aber irgendwas hast du dringehabt. Zu deinem Glück ist keine Urinprobe gemacht worden, aber auch so bist du jetzt dran wegen Fahrerflucht, weil du dich vom Unfallort entfernt hast. Wie du allerdings aus deinem Wrack rausgekommen bist, wird für immer ein Rätsel bleiben.

Lena: Und was soll ich dann gemacht haben?

Liebling: Du bist aus dem Wrack gekrochen und immer weiter gegangen, auf Strümpfen. Ein Polizist hat dich getroffen und dich angesprochen. Du hast bloß gesagt: Liebling anrufen. Dann hat er dich umgedreht, und du bist anstandslos mitgelaufen. Auf dem Revier hast du deinen Spruch noch mal gesagt, und irgendein hochintelligenter Bulle hatte schon mal was von mir gehört. Der hat mich gerufen und mich gefragt, ob ich eine junge Frau mit schwarzen Haaren und einem Simca mit drei Sitzen vorn identifizieren kann. – Papiere hattest du natürlich keine.

Lena: Ich hab doch nie Papiere bei mir. – Auf Strümpfen? Und wo waren meine Schuhe?

Liebling: Im Wrack.

Liebling stellt sie ihr auf die Bettdecke.

Liebling: Falls du einen Schock simulierst mit anschließendem Gedächtnisschwund, machst du das übrigens sehr gut.

Lena: Robert! Ich weiß wirklich nichts mehr! Nur, daß ich zu Hause weggefahren und im Krankenhaus wieder aufgewacht bin.

Liebling: Wo wolltest du denn hin?

Lena: Schuhe kaufen. Die da. Wie findest du sie?

Liebling: Du hast ein anderes Problem, als wie ich deine Schuhe finde.

Lena: Bin ich angeklagt?

Liebling: Wenn du verhandlungsfähig wärst, wärst du schon verknackt.
Lena: Bin ich verhandlungsfähig?
Liebling: Vorläufig nicht. Aber irgendwann bist dus, und deswegen habe ich dir vorsichtshalber meinen Freund, den Professor German, mitgebracht, damit er dich begutachtet und dem Richter sagt, daß du tatsächlich einen Schock haben könntest. Vorher sag ich dir aber noch, wies gewesen ist. – Du hast mal wieder so was wie russisches Roulette gespielt. Aus der Nebenstraße auf die Kreuzung zu, mal sehn, ob einer kommt. Kommt einer, Pech gehabt, verloren. Kommt keiner, Glück gehabt, gewonnen. Bloß hast du oder etwas in dir die Sache nicht durchgehalten. Es kam einer und du wolltest noch die Kurve kratzen, und das geht mit hundert nicht so einfach. Da fliegt man dann raus und so weiter.
Lena: Wenns so gewesen wär, bedeutet das, daß du mich liebst. Pech im Spiel – Glück in der Liebe. Aber vom Spielen verstehtst du offenbar gar nichts. Es geht nicht um gewinnen oder verlieren! Es geht ums Spielen selber! Um die Herausforderung ans Schicksal! Wozu sonst leben? Nur Liebe ist genausogut. Schick mir deinen Seelenklempner rein! Ich werd ihm erklären, daß es gar keine Spielsucht gibt, wie du ihm sicher gesagt hast. Spielsucht ist Lebenssucht! Alle Spieler wissen das! Und alle Leute sind lebenssüchtig, und daher spielt jeder, die meisten wissens bloß nicht, und deswegen haben sie nicht den richtigen Genuß. Was machst du denn, wenn du mit einem Schwerverbrecher vor dem Richter stehst? Meistens hast du nichts in der Hand, nicht mal Entlastungszeugen, nur eine Theorie und ein Gutachten, das deinem Mann bescheinigt, daß er eine schwere Jugend gehabt hat und Alkoholiker ist, und die Hoffnung, der Richter ist liberal und läßt sich von dir bequasseln! Ein Spiel, was denn sonst. Der Moment kurz vor dem Urteilsspruch, das ist es, das ist Leben.
Liebling: Immerhin eine beachtenswerte Theorie.

Und macht die Tür auf und ruft: Herr Professor!
Es kommt Professor German.

Kanzlei. Büro der Isenthal

Ein bärtiger Mann mit dicker Brille steht mitten im Zimmer.
Barbara: Du hast die Polizei verkloppt? Im Lustgarten?
Die Isenthal: Hau ab!
Barbara: Ich hab dich nicht gesehen, und ich war ganz vorn.
Der Mann: Hast du auch mit Eiern geworfen oder mit Tomaten?
Barbara: Nee. Ich hatte keine. Wärn mir auch zu schade gewesen. Aber wir standen trotzdem auf der richtigen Seite, Axel und ich.
Dann geht sie.
Der Mann stellt sich vor: Altmann!
Die Isenthal bietet ihm Platz an. Altmann setzt sich. Er sieht sich im Zimmer um, ist beeindruckt.
Die Isenthal: Was gibt es denn zu sehen?
Altmann: So was wie ne Filmdekoration. Fontane, Effi Briest. Oder die Buddenbrooks.
Die Isenthal: Alte Bestände. Ich kanns eigentlich nicht mehr sehen, manchmal, aber man kanns ja auch nicht wegschmeißen. – Was wirft man Ihnen denn nun vor. Widerstand gegen Vollstreckungsbeamte?
Altmann: Genau.
Die Isenthal: Die haben zugeschlagen, und Sie haben sich gewehrt.
Altmann: Die haben zugeschlagen, und ich konnte mich nicht wehren. Ich hatte meine Kamera auf der rechten Schulter, die hab ich festgehalten, mit beiden Händen. Das Teil kostet über hunderttausend Mark, West! Und gehört nicht mal mir, sondern dem Sender!
Die Isenthal: Der ist doch versichert!

Altmann: Ich kann keine Kamera fallen lassen. Obwohl die darauf aus waren. Weil wir sie angeblich behindert haben sollen, mein Assi und ich. Die lassen sich nicht gerne zusehen bei der Arbeit, das ist alles.
Die Isenthal: Aber Sie waren offiziell da.
Altmann: Sonst wär ich doch gar nicht bis vor die Tribüne gekommen, hinter die Absperrung. Wir sollten die ganze Geschichte begleiten, viele schöne Bilder von vielen schönen Bürgern machen, die gegen Ausländerhaß auf der Straße sind. Haben wir auch gemacht, den ganzen Tag lang. Und als dann die Proteste vor der Tribüne losgingen, standen wir genau richtig. Sollten wir wegsehen? Kein Team hat weggesehen. Die hätten mir im Sender was erzählt, wenn ausgerechnet ich ohne Randalebilder nach Hause gekommen wäre. Dabei bin ich gut im Wegsehen. Hab dreißig Jahre lang weggesehen, beim Film, beim Fernsehen, beim Dokfilm. Obwohl, beim Dokfilm konnte man ab und an wenigstens ein Auge aufmachen.
Die Isenthal: Und wo ist nun das Problem?
Altmann: Ich soll, als die uns weggedrängt, genau gesagt: geschubst und gezerrt haben, einem der Beamten ins Gesicht geschlagen haben, daß ihm die Brille weggeflogen und zerknackt ist.
Die Isenthal: Und mindestens eine Handvoll anderer Beamten werden das bezeugen.
Altmann: Das nehme ich an.
Die Isenthal: Und wo war Ihr Assi?
Altmann: Dicht neben mir. Er sagt, es war die Sonnenblende von der Kamera, als die an mir rumgezerrt haben, die ist dem an die Brille gestoßen. Und so wirds auch gewesen sein. Ich selber hatte beide Hände um die Kamera. Sie müssen sich das so vorstellen, als wenn Sie ein Kind auf der Schulter haben.
Die Isenthal: Das würde Ihr Assi auch aussagen?
Altmann: Nehme ich doch an. Außerdem kann ich keinen schlagen. Hab ich nicht gelernt. Nicht mal Beamte. Vielleicht leider.

Die Isenthal: Bleiben Sie mal dabei, und füllen Sie mir diese Vollmacht aus. Haben Sie das Schreiben von der Staatsanwaltschaft? Ich werd mir die Akte bestellen. Und Sie sagen mir Bescheid, wenn Sie verhört werden sollen. Ich würde sagen, Sie machen von Ihrem Recht zur Aussageverweigerung Gebrauch und überlassen mir das Ganze.
Altmann: Das kann man wirklich? Ich hör bloß immer davon.
Die Isenthal: Der Rechtsstaat, Herr Altmann, erlaubt das, weil er besorgt ist, daß ein Beschuldigter nicht auch immer eine guter Verteidiger seiner selbst ist. Wie hab ich das gesagt?
Altmann: Toll.
Die Isenthal: Und nebenbei gesagt, hat er damit in aller Regel recht.
Altmann: Ich würde denen aber auch gern meine Meinung sagen. Die haben *uns* behindert und nicht wir sie!
Die Isenthal: Auch das können Sie mir überlassen. Ich würde dann formulieren: Mein Mandant legt Wert auf die Festellung und so weiter. – Sicher ist jedenfalls, daß Sie hinter der Absperrung, also hinter den Beamten, gestanden haben.
Altmann: Das ist sicher wie das Amen in der Kirche.
Die Isenthal: Und als die auf Sie losgingen, haben Sie natürlich auch die Kamera ausgeschaltet, das ist auch sicher.
Altmann: Irgendwann wird die Kamera ausgeschaltet. Meistens macht das der Assi. Wieso?
Die Isenthal: Sind denn Ihre Bilder gesendet worden?
Altmann: Sind sie. Sie hätten sie sehen können.
Die Isenthal: Sie werden lachen: Ich hab sie gesehen. Jedenfalls habe ich Bilder von Eier werfenden Leuten gesehen und von geschockten Politikern. Und mehr war da nicht drauf?
Altmann: Irgendwas wird immer geschnitten, schon der Länge wegen.
Die Isenthal: Und das Geschnittene, was wird damit?

Altmann: An den Originalkassetten wird nicht geschnitten. Die kommen so, wie sie sind, ins Archiv.
Die Isenthal: Können Sie sich vorstellen, daß Sie die Kamera nicht ausgeschaltet haben und auch nicht Ihr Assi und daß sie also die ganze Zeit mitgelaufen ist.
Altmann: Ach, Sie meinen ... Warum bin ich da nicht selber draufgekommen. Als Kameramann! Mit dreißig Jahren Erfahrung! Sie meinen, wenn da noch Bilder sind, dann müßte daraus hervorgehen, daß ich keineswegs einen Beamten habe schlagen können!
Die Isenthal: Ich hab keine Ahnung, aber denke ich mir mal.
Altmann: Dann wär die ganze Sache hier überflüssig! Dann brauch ich denen doch bloß die Bilder unter die Nase reiben, und schon sind sie geplatzt, aufgeflogen, als Lügner entlarvt!
Die Isenthal: Könnte sein, aber würden Sie mir einen Gefallen tun?
Altmann: Jeden.
Die Isenthal: Mein Honorar und Gerichtskosten, wenn Sie denn welche tragen müßten, zahlt doch Ihr Sender?
Altmann: Ja, klar.
Die Isenthal: Würden Sie in dem Fall nichts von dem Film sagen und mich den erst vor Gericht präsentieren lassen? Und vor den Zeugen?
Altmann: Verstehe. Machen wir.
Er nimmt zum ersten Mal seine Brille ab. Dahinter die Augen eines stark Kurzsichtigen. Sie funkeln begeistert.

Vor der Kanzlei

Vorm Haus stehen die Isenthal, Senta und die beiden Cowboys. Unübersehbar der pinkfarbene Cadillac. Dessen Innenraum ist vollgepackt für die Reise.
Die Straße herunter kommt die Rikscha, gefahren von Steinke, Passagier – Barbara. Sie halten vor dem Cadillac.

Der Große: Na? Abjenommen?
Steinke: Abgenommen. Besonders die Schaltung. Reine Sahne.
Der Kleine: Idee von mir!
Der Große: Idee von mir! Höchstens Ausführung von dir, zum Teil.
Steinke: Was bin ich euch schuldig?
Der Kleine: Ach, und wer is uff dit Ding mit die Rückholfeder jekomm?
Der Große: Reinet Plajat ... Plagiat, wollt ick sagen!
Denn da ist Ria in einem der Kanzleifenster, und der Große lüftet seinen Hut.
Der Kleine zu Steinke: Und wat nu deine Schulden anjeht, wende dir an unsere Senta – ick dürf doch unsere Senta saren? – Von die war die Idee, daß wa deine Ritschka wieda fahrfertig machen. Und wat machste nu damit?
Statt einer Antwort tritt Steinke einmal kurz in die Pedalen und schlägt links ein. Außen am Heck der Rikscha ist der Spruch angebracht: »Suchst du Recht in deinem Fall, geh zu Liebling und Isenthal.« Barbaras Werk. Und dann ist da noch ein Schild: »20 km/h«
Steinke: Ich hab mir gedacht, ich mach bei schlechtem Wetter so eine Art Shuttle zwischen Kanzlei und Gericht, wenn Bedarf ist.
Senta: Ick weeß ja nich, ob dit sone jute Idee von mir war. Die Mandanten rennen uns doch so schon die Bude ein. Wie wärn dit, Chefin, wenn Se mal mit Ihrn Mann reden würden, falls dit jetz nich zu naseweis ist. Platz hätten wa noch. Er soll die Politik da sein lassen, wo sie is – im Dreck –, und wieda sein Job machen. Je tiefer die Politik im Dreck steckt, desto mehr haben Leute selbigen am Stecken und desto mehr Anwälte werden jebraucht.
Die Isenthal: Das *ist* ziemlich naseweis, und es könnte außerdem deinen Arbeitsplatz gefährden, der bringt seine eigene Sekretärin mit.
Senta: Kann er ja. Alleene würde ick dit sowieso nich mehr schaffen.

Der Große: Bevor wir uns jetzt weita in die Details der Firma vatiefen, würde ick saren, wir sswee beede machen uns jetz uffn Trip.
Der Kleine: Go West!
Der Große: Jenau. Eh wa hier doch noch festkleben. Mit de Chefin sind wa quitt. Wat jetan werden mußte, is jetan.
Der Kleine: Lets go!
Sie verabschieden sich bei allen. Der Kleine bei Senta mit Handkuß. Der Große schwenkt seinen Hut in Richtung Ria. Hinter Ria im Fenster Liebling. Er winkt.
Der Große: Hei, Chef! Und nischt für unjut, wenn wir Ihnen ... Sie manchmal janervt haben. War so jemeint. Und kümmern Sie sich um den Nachwuchs, daß er später schön die Jerichte nervt.
Jetzt könnten sie in den Wagen steigen, stehen aber noch immer auf dem Pflaster.
Der Kleine: Könnte höchstens sein, daß jemand wat bei Jericht zu tun hat. Liecht jenau auf unsan Kurs.
Ria: Warten Sie!
Und auch Liebling: Gute Idee bei dem Wetter!
Die Cowboys öffnen schon die Wagentüren. Der Große startet den Motor und spielt mit dem Gaspedal.
Der Kleine ist mit seinen Augen bei Senta.
Als Liebling und Ria kommen, fragt Liebling: Oder nehmen wir die Rikscha?
Die Isenthal: Wetten, daß du dir das noch überlegst?
Liebling überlegt, dann: Hast gewonnen.
Er steigt in den Cadillac, läßt aber Ria den Vortritt, so daß sie neben den Großen zu sitzen kommt. Dann der Kleine. Alle auf der Vorderbank.
Der Große: Unter normalen Umständen wäre ich jetzt fahrunfähig.
Er fährt an. Hupend zieht der Cadillac los.
Die Isenthal: Na, Senta? Wieder eine Chance weniger.
Senta reagiert nicht. Erst mit Verspätung fragt sie: Haben Sie was gesagt, Chefin?
Die Isenthal lächelt nur. Senta geht allein ins Haus.

Der Cadillac hält direkt vor dem Haupteingang. Liebling bedankt sich bei dem Kleinen, als er schon auf der Straße steht.
Liebling: Es war mir ein Vergnügen.
Der Kleine: Es war uns eine Ehre. Und behalten Se uns in keene janz so schlechte Erinnerung.
Liebling: Machen Sie sich keinen Kopf.
Jetzt müßte eigentlich Ria aus dem Auto steigen. Sie ist aber noch in ein Gespräch mit dem Großen vertieft.
Liebling: Und lassen Sie noch ein paar Grislies leben am Huron Lake.
Der Kleine: Muß ick Sie enttäuschen, Chef. Huron Lake liecht nich in Canada. Dit is Wisconsin, is sswarn Grenzstaat, aber immer noch Vaeinichte Staaten von Amerika.
Liebling bückt sich, um zu sehen, ob Ria endlich Anstalten macht.
Der Kleine: Wo die Liebe hinfällt, und wat ick Sie noch bitten wollte: Jrüßense bitte Senta von mia. Ick wär ja so jerne jeblieben, aba der Wagen, der rollt. Und er rollt schon ssiemlich lange. Wird Sseit, dassa ma ankommt.
Liebling: Wird erledigt.
Jetzt kommt Ria. Der Kleine steigt wieder ein, und ab geht die pinkfarbene Post.
Liebling: Eigentlich kein so übler Kerl, der Mann. Deutsch hättest du ihm schnell beigebracht. Und ich an deiner Stelle und in deinem Alter würds mir dreimal überlegen, ob ich wirklich mein Leben in muffigen Gerichtssälen oder Anwaltskanzleien zubringen wollte – statt unter Gottes blauem Himmel, zum Beispiel in Kanada.
Ria: Willst du mich verkuppeln?
Liebling: Ich wollte dir das nur zu bedenken geben. Dann brauchtest du dich zum Beispiel jetzt nicht mit dem Richter rumstreiten, ob er gegen diesen Kleinstgauner Lorenz nicht lieber einstellt, statt ihn zu was weiß ich wieviel Tagessätzen zu verurteilen, die er sowieso nicht bezahlen

kann, folglich absitzt, was den Steuerzahler nur Geld kostet.
Ria: Rumzustreiten!
Liebling: Und was hab ich gesagt?
Ria: Rumstreiten. Wer brauchen ohne zu gebraucht, braucht brauchen gar nicht zu gebrauchen. Heißt das, daß du bei Lorenz nicht dabei bist?
Liebling: Ich hab genau zu der Zeit was anderes abzuhaken.

Gericht. Korridor

Liebling übergibt Ria Akten.
Ria: Das hast du mit Absicht gemacht.
Liebling: Kann ich nicht leugnen. Einmal mußt du da durch. Und so hast du keine Zeit für Lampenfieber.
Ria: Find ich unmöglich! Und wenn dus nicht wärst, würde ich dir den Kram vor die Füße werfen.
Liebling: Zu werfen.
Ria: Quatsch!
Liebling: Außerdem ist es dafür zu spät! Die Sache wird in fünf Minuten aufgerufen, und der Zug nach Kanada ist auch durch.
Ria: Was soll denn rauskommen?
Liebling: Ne Einstellung, wie gesagt.
Ria: Und wie soll ich das machen?
Liebling: Laß dir was einfallen. Der Typ ist ein kleiner Fisch. Zwar vorbestraft, aber die beiden Frauen waren selber dämlich genug, sich von ihm erzählen zu lassen, er würde ihnen bei der Eröffnung ihres Papierladens unter die Arme greifen, aus reiner Gefälligkeit, aber gegen Vorkasse. Nicht der – die müßten bestraft werden für soviel Dämlichkeit.
Ria: Wenn du arbeitslos bist, greifst du auch nach jedem Strohhalm!
Liebling: Der Satz könnte von Issy sein! Die müssen ir-

gendwann mal lernen, einen Strohhalm von einem Baumstamm zu unterscheiden – und warum nicht jetzt?
Ria: Ich tu, was ich kann.
Liebling: Toi, toi, toi! Übrigens – der Vorsitzende ist durchaus ansprechbar. Das schließe ich daraus, daß ihn seine Frau jeden Morgen, den der liebe Gott werden läßt, bis vor die Pforte bringt und ihn ebenso pünktlich nachmittags wieder abholt. Seit Jahren! Wickel ihn einfach um den Finger, kann aber auch ein anderes Körperteil sein.
Ria: Gut. Aber dann reden wir über uns.
Liebling: Ria, du bist ne tolle Frau. Aber eine von der Sorte reicht mir.
Ria: Issy?
Liebling: Issy!
Ria: Die wartet bloß drauf.
Liebling: Die wartet auf ihren Alten, das ist alles.
Ria: Du kennst Frauen nicht. Wir können auf jemand warten. Aber wenn der nicht kommt, dann ...
Liebling: Ich rede von Lena.
Ria: Tolle Frau – verrückt ist die.
Liebling: Ist sie. Aber was machen? Die bringt sich um, wenn man nicht aufpaßt.
Ria: Alter Trick.
Liebling: Wenn das ein Trick war, dann weiß ich nicht.
Damit sind sie vor dem Saal angekommen, in dem die Sache mit Lorenz verhandelt wird. Da steht Lorenz, und da stehen die beiden Frauen, die Zeuginnen.
Liebling geht auf Lorenz zu.
Liebling: Herr Lorenz! Ich habe eine angenehme Nachricht für Sie – an meiner Stelle, aber ganz in unserem Sinne, wird Sie heute meine liebe Kollegin Hegewald vertreten.
Er stellt ihm Ria vor.
Liebling: Ich denke, da sind Sie vorzüglich bedient. Möglicherweise besser als mit mir. Sie können sich bedenkenlos ihren Ratschlägen anvertrauen. Lorenz lächelt verunsichert, und Liebling ist auch schon weiter.
Das Verfahren Lorenz wird aufgerufen.

Ria nimmt mit Lorenz ihren Platz ein. Vorsitzender, Staatsanwalt, Schöffen sehen sie an. Ria schaut zurück. Die Protokollführerin gibt ihr Winke.
Der Vorsitzende: Liebe Kollegin, wollen oder können Sie Ihre Robe nicht anziehen? Ich gebe zu, besagtes Kleidungsstück ist nicht sonderlich kleidsam, aber vor Gericht zwingend vorgeschrieben, auch wenn gewisse Mitglieder Ihrer Zunft regelmäßig glauben, sich dieser guten alten Sitte entziehen zu können.
Ria verlegen: Entschuldigung. Ich hatte eine plötzliche Mitfahrgelegenheit, die ich bei dem herrschenden Wetter denn doch nutzen wollte. Da habe ich in der Eile einfach vergessen, die Robe … ich werde mir sofort eine ausleihen. Und ich bitte mit der Eröffnung der Verhandlung so lange zu warten …
Sie will aus dem Saal.
Der Vorsitzende: Angesichts der Weitläufigkeit des Gebäudes könnte uns das eine Viertelstunde kosten: Fünf Minuten zum Anwaltszimmer, fünf Minuten zurück, fünf Minuten Reserve, sagen wir zehn Minuten Reserve, denn wir wollen ja nicht, daß Sie sich oder Ihren gerichtsnotorisch ausnehmend eindrucksvollen Extremitäten ein Leides tun, das wolln wir doch nicht, Herr Staatsanwalt?
Der vergleichsweise junge Staatsanwalt ist seiner Meinung.
Der Vorsitzende: Wie wäre es damit: Die Kammer sieht von der Eröffnung des Verfahrens gegen Herrn Lorenz ab und zieht in Erwägung, das Verfahren gegen den geständigen Herrn Lorenz einzustellen – gegen mindestens eine angezahlte Rückzahlung der veruntreuten fünfhundert Mark und eine ebenso hohe und sofort zahlbare Buße an die Gerichtskasse. Vorausgesetzt das Einverständnis der Staatsanwaltschaft und der geschädigten Zeuginnen.
Ria wendet sich an Lorenz. Sie reden miteinander.
Ria: Mein Mandant ist einverstanden und wäre bereit, so-

fort zweihundertfünfzig Mark an die Zeuginnen auszuzahlen. Gegen Quittung.
Der Staatsanwalt: Da Gerichtsszeit nun mal kostbar ist, und da die Zahl der Tagessätze, auf die ich plädiert hätte, etwa dieselbe wäre, und da der Herr Lorenz geständig und doch wohl auch reuig ist, wie ich annehme ...
Ria stößt den Herrn Lorenz an, der schnell und eifrig bejaht.
Der Staatsanwalt: ... bin ich einverstanden.
Der Vorsitzende: Rufen Sie bitte die Zeuginnen auf.
Der Saalwachtmeister verläßt den Saal und kommt mit den Zeuginnen wieder.
Der Vorsitzende: Meine Damen! Der Herr Lorenz wäre bereit, Ihnen in zwei Raten besagte fünfhundert Mark zurückzuzahlen, die Sie ihm für seine dann doch nicht erbrachten Leistungen in ziemlich leichtfertiger und naiver Weise gezahlt haben, Gott sei Dank gegen Quittung. Sonst wären Sie hier leer ausgegangen. Wären Sie damit einverstanden?
Die beiden beraten sich. Dann erklären sie ihr Einverständnis.
Der Vorsitzende: Ich danke Ihnen. Und lassen Sie sich noch eins gesagt sein: So verständlich es aus Ihrer bisherigen östlichen Mentalität heraus auch sein mag, daß Sie sich einen – scheinbar kompetenten Berater und Organisator suchen, wenn Sie Ladenbesitzerinnen und also Unternehmerinnen werden wollen: Vertrauen Sie besser Ihrem eigenen Urteilsvermögen, schulen Sie es, und scheuen Sie sich nicht, eigene Erfahrungen auf dem Markt zu machen. Dies ist auch ein Bestandteil der neuen Freiheit, die Ihnen zugewachsen ist. Das Rechtsgespräch in der Sache Lorenz ist damit beendet, das Verfahren vorläufig, bis zur Zahlung des Bußgeldes, ausgesetzt.
Der Vorsitzende packt seine Utensilien zusammen. Er tut es bemerkenswert langsam. Er will Rias Beinspiel bei ihrem Abgang mit Lorenz nicht verpassen.

Gerichtskasse

Lorenz: Ach, Frau Hegewald. Wie ich gerade sehe, fünfhundert Mark, die kann ich in diesem Moment nicht aufbringen, natürlich nur in diesem Moment. Morgen wäre ich sofort flüssig. Ich habe ja Außenstände über Außenstände ... Wenn Sie mir also in diesem Moment aus der Bredouille helfen würden? Es wäre ja wohl in beiderseitigem Interesse ...
Ria: Wie meinen Sie das?
Lorenz: Haben Sie denn Lust, sich von diesem, Entschuldigung, geilen alten Sack noch mal beglupschen zu lassen?
Ria schweigt. Statt einer Antwort fingert sie fünfhundert Mark aus ihrer Tasche. Zusammen mit Kleingeld kriegt sie es gerade so zusammen.

Im Cadillac

Der Kleine: Sag doch ma wat!
Der Große: Wat denn?
Der Kleine: Zum Beispiel, wat du mit ihr besprochen hast.
Der Große: Ick hab ihr reinen Wein einjeschenkt.
Der Kleine: Daß du ihr liebst?
Der Große: So etwa.
Der Kleine: Und daß sie auf dich warten soll.
Der Große: So bescheuert würde ick nie sein.
Der Kleine: Hast du ihr jesacht, sie soll mit?
Der Große: So etwa.
Der Kleine: Und ick? Als drittet Rad am Wagen?
Der Große: Wieso drittet?
Der Kleine: Du bist jemein! Wir haben jesagt – nischt mit Weiba. Ick hab mir dran jehalten.
Der Große: Bleib doch ruhig! Wollten wa nach Kanada? Wir wollten. Fahren wa nach Kanada? Wir fahren.

Der Cadillac fährt vor die Servicebox.
Der Kleine: Wat is denn jetzte?
Der Große: Haste nischt jehört?
Der Kleine: Wat jehört?
Der Große: Dit Fiepen.
Der Kleine: Wat fürn Fiepen?
Der Große: Jeh ma raus und mach die Haube uff.
Der Kleine gehorcht. Der Große gibt Gas.
Der Kleine: Ick hör nur jesunde Töne.
Der Große: Ick nehme an, die Wassapumpe. Oda irgendeen Keilriemen. Und wat anjesacht is, wenn een Keilriemen rutscht, weeßte ja.
Der Kleine, nachdem er alle Keilriemen geprüft hat: Die sind alle fest. Eher zu fest.
Der Große: Denn isset doch die Wassapumpe. Bloß im Leerlauf hörste dit nich.
Der Kleine: Willste mir uff de Nudel schieben? Wat hat dit mit Leerlauf ssu tun? Die Wassapumpe hat keen Leerlauf. Die dreht oda nich. Is dit villeicht logisch?
Der Große: Technik is nich bloß logisch.
Der Kleine: Und wat willst jetzt machen? Du fährst, und ick sitze im Motorraum und lausche?
Der Große: Vorsichtshalber ne neue einbauen.
Der Kleine: Und dit dauert bis morgen. – Dit wart, watte mit Ria besprochen hast!
Der Große: Quatsch! Und dann: Steig ein.
Der Kleine: Ick gloobe, is bessa, du läßt mia fahn.
Sie wechseln die Plätze. Der Cadillac setzt seine Fahrt fort.

Die Vorsitzende: Gibt es Fragen zu den Ausführungen des Herrn Gutachters? Herr Professor German ist zwar der Kammer von der Verteidigung vorgeschlagen worden, ich selber habe nach seinen Ausführungen nicht den Eindruck gewonnen, daß er deswegen auch Partei ist. Herr Staatsanwalt?
Der Staatsanwalt: Im großen und ganzen habe auch ich diesen Eindruck, frage mich allerdings, wie die uns so beschriebene Beschuldigte im entscheidenden Moment den Namen Ihres Anwalts parat haben konnte und nicht etwa eines Familienmitgliedes, einer Freundin, eines Freundes. Einerseits Schockzustand, andererseits hellwach. Muß sich da nicht der Verdacht aufdrängen, daß die Beschuldigte uns etwas vormacht, mit anderen Worten – simuliert, um den strafrechtlichen Folgen des Entfernens vom Unfallort zu entgehen, die ihr wohl bekannt sein dürften.
Lena will sich spontan äußern – Liebling hält sie zurück. Sie ist an diesem Tag schlicht und zurückhaltend gekleidet und aufgemacht.
German: Es ist nicht selten, daß Probanden dieser Art, und in der Literatur oft beschrieben, allerdings, wie ich zugebe, in der Trivialliteratur auch oft mißbrauchtes Mittel, sozusagen mit einem Rest ihres Bewußtseins nach der Person, die ihnen am nahesten steht, wie nach einem Strohhalm greifen – und das ist in diesem Fall der Anwalt der Probandin. Auch das kein Ausnahmefall. Anwälte nehmen ja oft die Stellung des Vertrauten, ja der wichtigsten Bezugsperson ein. Ich rede jetzt von Rechtsanwälten. In diesem Fall nimmt nach den Aussagen der Probandin Herr Liebling wohl den Platz des einzigen Vertrauten ein. Die Probandin ist unverheiratet, kinderlos, Waise – und frühe Erbin eines beträchtlichen Vermögens und, auch das keine Ausnahme, schlichtweg einsam.
Lena lächelt. Liebling reibt sich den Nacken.
Der Staatsanwalt: Auch wenn ich nicht verhehlen will,

daß Sie damit noch nicht den letzten Rest meiner Zweifel ausgeräumt haben, und auch wenn ich Ihnen sagen möchte, daß auch wir Staatsanwälte eine Fürsorgepflicht für unsere Beschuldigten haben und daß wir sie auch wahrnehmen und daß auch wir gelegentlich in die von Ihnen beschriebenen Situationen geraten ...
Liebling murmelt: Mir kommen die Tränen.
Der Staatsanwalt: ... plädiere ich auf Freispruch. Der Angeklagten ist nicht nachzuweisen, daß sie den Ort des von ihr verursachten Verkehrsunfalls wissentlich verlassen hat.
Die Vorsitzende: Herr Verteidiger?
Liebling: Es geschehen noch Zeichen und Wunder. Die Verteidigung schließt sich fast jedem Wort der Staatsanwaltschaft an, vor allem dem über Freispruch.
Die Miene der Vorsitzenden sagt deutlich: Auch das Gericht ist dieser Meinung.

Vorm Gericht

Lena und Liebling verlassen das Gebäude.
Lena: So nett habe ich mir die Leute bei deinem Gericht gar nicht vorgestellt. Der Staatsanwalt war doch ausgesprochen süß mit seiner Fürsorgepflicht. – Ich glaube nicht, daß du jetzt nein sagen kannst, wenn ich dich zum Essen einlade.
Liebling: Süß!
Ria kreuzt vor ihnen auf. Sie ist vor dem Gebäude auf und ab gegangen.
Liebling: Na?
Ria: Ich hatte keine Robe.
Liebling: Ach du ahnst es nicht! Und da hat er dich tatsächlich weggeschickt?!
Ria: Er hat gar nicht eröffnet.
Liebling: Trottel.
Ria: Er hat eingestellt gegen Buße. Fünfhundert Mark.
Liebling: Na toll, Ria. Was wolln wir mehr.

Ria: Hab ich ihm ausgelegt.
Liebling: Wem ausgelegt? Doch nicht dem Lorenz!?
Ria: Der hatte nichts bei sich. Das heißt, er mußte ja den beiden Damen was anzahlen, und dann war er blank. Morgen zahlt er mich aus. Er hat quittiert!
Liebling: Das kannst du abbuchen unter Lehrgeld. Siehst du nie wieder. Der Mann, der Lorenz, ist doch ein Betrüger, wie er im Buche steht. Das riecht man doch drei Meilen gegen den Wind! Bloßn kleiner Betrüger, aber das reicht ja! Merke: Betrügern nie was Bares, auch nicht gegen Quittung.
Lena: Hab ich schon gesagt, daß ich dich zum Essen einlade?
Sie hängt sich bei Liebling ein.
Liebling zu Ria: Komm doch einfach mit.
Ria: Du hast offenbar vergessen, daß du schon eine Einladung hast. Von mir.
Liebling: Um so besser. Bezahlt eine die Getränke und eine die Speisen.
Ria: Ich bin ja nun leider blank.
Lena: Laßt euch was einfallen, ich hol mein Rad solange. Hätte ich beinah vergessen!
Liebling: Was fürn Rad? Reserverad?
Lena: Ich hab mich entschlossen, die Finger vom Auto zu lassen. Soll ich dich dann auf die Stange nehmen?
Sie geht zu ihrem Rad. Es handelt sich um ein Hightecrad der Oberklasse, der Jaguar unter den Rädern.
Ria: Jetzt macht sie aber Pluspunkte bei dir.
Liebling kann das nicht ganz leugnen.
Ria: Dann wünsche ich euch guten Appetit.
Sie geht.
Liebling: Warte doch mal!
Er fingert fünfhundert Mark aus der Jacke und überreicht sie Ria.
Liebling: Kannst du mir ja zurückgeben, wenn er tatsächlich zahlt, der kleine Gauner.
Ria nimmt das Geld.

Ria: Danke. Ich kanns leider brauchen. Jetzt könnte ich dich ja wieder einladen, theoretisch.
Liebling ratlos: Theoretisch ja ...
Ria: Schon gut.
Sie geht.

Straße

Liebling und Lena auf dem Weg.
Lena: Irgendwie tut sie mir leid. Ich kann sie ziemlich gut verstehen. Vielleicht wärst du mit ihr auch besser dran als mit mir. Aber was soll ich machen. Es ist ja nun gerichtsnotorisch, welche Verantwortung du für mich hast.
Liebling bleibt stehen.
Liebling: Moment mal!
Lena: Ist ja schon gut. Soll ich dich jetzt auf die Stange nehmen oder nicht?
Liebling: Das hält dieses utopische Vehikel nie aus!
Lena: Es soll aus Titan sein.
Liebling: Einfaches Stahlrohr oder Alu hätte es nicht getan? Das kostet doch mehr als mancher Kleinwagen!
Lena: Ich weiß nicht. Ich hab doch nicht bar bezahlt. Was kostet ein Kleinwagen?
Liebling: Dir und Leuten wie dir ist einfach nicht zu helfen. Los!
Er hat sich das Rad gegriffen, und Lena soll sich auf die Stange setzten. Sie tut es, und sie fahren los.
Lena: Mir muß aber geholfen werden. Frag deinen Professor.
Später schreit sie: Halt! Halte an. Stop. Mein Schuh!
Einer ihrer Pumps ist ihr vom Fuß gerutscht. Es sind die Pumps, die sie beim Unfall im Auto hatte.
Liebling kurvt zurück, Lena steigt ab und holt sich den Schuh.
Lena: Erst waren sie zu eng, jetzt sind sie zu weit. Zu billig gekauft.

Sie starrt plötzlich die Schuhe an, dann Liebling.
Lena: Jetzt weiß ich! Jetzt weiß ich. Ich hab die Schuhe gekauft bei Pedro, du kennst ihn. Als ich im Auto gesessen hab, hab ich gemerkt: zu eng. Ich hab sie ausgezogen. Dann kam die Kreuzung. Dann kam der andere. Ein Golf, rot, schnell. Ich auf die Bremse – aber ich finde sie nicht, ohne Schuhe, auf Strümpfen! Da bin ich rum, sonst hätte ich ihn voll erwischt, und dann ade, Lena. Dann kam der Überschlag. In dem Moment hab ich mein ganzes Leben vor mir gesehen: meine Mutter, meinen Vater, die ich nie bewußt gesehen hab, stell dir mal vor! Dich, wie du zum ersten Mal in mein Auto gestiegen bist!
Liebling: Ist gut. Hör auf! Ich glaub dir kein Wort!
Lena: Ich schwöre, daß es so war!
Liebling: Und ich schwöre, daß du es fertiggekriegt hast, einen deutschen Richter, zwei deutsche Schöffen, und einen deutschen Staatsanwalt auf die Nudel zu schieben. Dazu gehört zugegebenermaßen noch nicht allzuviel. Aber daß du auch einen deutschen Professor, und noch dazu diesen, geleimt hast, das ist schlicht eine Leistung. Ich als dein Anwalt hab dir ja glauben müssen. Und wenn ich nicht wüßte, daß du keinen Beruf hast, dann würde ich jetzt sagen, du hast ihn verfehlt, und du mußt Schauspielerin werden. Und wenn es bei deinem Unfall außer Blechschaden noch anderen gegeben hätte, dann müßte ich dich jetzt anzeigen. Weil ich mich sonst der Vereitelung einer Strafverfolgung schuldig machen würde!

Im Cadillac

Der Wagen fährt auf einen Parkplatz an der AVUS. Der Große hat die Augen geschlossen.
Der Kleine: Wat war? Hattet nu jefiept oda nich?
Der Große: Fahr los! Grüna wirds nich!
Der Kleine: Mach die Oogen uff! Dit is keene Ampel. Dit issn Parkplatz.

Der Große, immer noch mit geschlossenen Augen: Wat wolln wa uffn Parkplatz?
Der Kleine: Weil dir jleich schlecht wird. Seit ne halbe Stunde hast du die Oogen zu. Ick mach mia Sorgen um dia. Wat bei dia fiept, is nemlich nich die Wassapumpe odan Keilriemen. Wat bei dia fiept, is deine Seele.
Der Große: Könnste recht haben. Hat ma awischt. Ssum ersten Mal in mein janzet Lebn hats mia awischt.
Der Kleine: Und jetzte?!
Der Große: Fahr weita. Een Mann muß da durch.
Der Kleine fährt an.
Der Große: Wat macht eintlich deine Seele?
Der Kleine: Der jehts prima.

Landstraße

Der Cadillac steht vor einer Straßenbaubarriere. Die Straße ist gesperrt.
Der Kleine: Dit darf doch nich wahr sein. Da stellt man doch vorher een Schild uff!
Der Große: Du weeßt doch, wat der Chef imma jesacht hat: Brandenburch is imma noch sowat wie die DDR. Und da steht denn eben keen Schild, oda is jeklaut, oda du hastet übasehn.
Der Kleine: Ick übaseh keen Schild.
Der Große: Findste dit imma noch jut, vonne Autobahn runta?
Der Kleine: Wolltst du drei Stunden im Stau stehn?
Der Große: Wär vielleicht unsa letzta jewesen. Außadem: Nur in Kanada jibs keene Staus. Dreh um!
Der Kleine: Ick denk nich dran! Ick räum jetze die Scheißdinga weg und denn weita. Die spinn doch, die Brandenburger! Wahrscheinlich hamse bloß vajessen, den Kram wegssunehmen, und die Straße is längst frei.
Er steigt aus und legt Hand an die Barriere. Der Große wendet den Wagen.

Der Kleine: Wat solln dit?
Der Große winkt ihm einzusteigen. Der Kleine rennt zum Wagen.
Der Kleine, als er wieder sitzt: Ick dachte schon, du willst mia hia stehnlassen.
Der Große: Wie kennst du mia denn? – Ick hab übrigens wat vajessen.
Der Kleine: Daruff hab ick jewartet!
Der Große: Ick hab vajessen, dia wat zu jeben.
Er übergibt ihm ein Amulett an einem ledernen Armband.
Der Kleine: Wat isn dit?
Der Große: Is doch ejal – n Amulett oder so. Ein Jingjang, hat sie jesacht.
Der Kleine: Wer sie?
Der Große: Senta. Mach um! Dit soll vor allet schützen, Grislis und Erfrierungen, eben allet.
Der Kleine legt das Jingjang an.
Der Kleine: Paßt sojar.
Er lehnt sich zurück und macht die Augen zu.
Der Große: Wat isn jetzt? Is dir wat?
Der Kleine: Een Mann muß da durch. Fahr weita!

Imbißstand

Der Stand steht ziemlich unvermittelt in der Landschaft. Zusammen mit dem Cadillac ein etwas absurdes Bild. Die Cowboys sind beim Mampfen.
Der Große mit Blick auf die Landschaft: Bißchen so stell ick mir Kanada vor, natürlich mit hills am Horissont, und wood, aba jenau so ville sky.
Der Kleine: Und an jede Kreuzung n Stand mit Bockwurst und jenau sone hier, in richtjen Darm und so dick, dasset knackt, wenn de rinbeißt, und dir allet uff die Brust spritzt.
Der Große: Und denn weita und imma fahn und keen Stau, und der Horissont kommt janich näha und so tagelang.

Dann faßt der Kleine in die Tasche und streckt dem Großen ein Couvert entgegen. Der sieht ihn groß an.
Der Kleine: Von Ria. Sollt ick dir erst in Kanada jebn, aba…
Der Große betrachtet den Brief, dann steckt er ihn ungelesen weg.
Der Kleine: Lieste ihn janich?
Der Große: Nee.
Der Kleine: Schiß, wat drinsteht?
Der Große mampft, dann: Mit die Mädels, so schön wiet is: Sie legen dir an die Kette, obse nun wolln oda nich.
Der Kleine: Jenau. Und anne Kette wan wa ja nu wirklich lange jenuch.
Der Große: Und denn die eene imma mit ihre linken Sprüche!
Der Kleine: Und die andere mit ihr feines Deutsch und ihre Bildung.
Der Große: Wozu brauch man sowat in Kanada?
Der Kleine: Denkste, die will nachkomm?
Der Große: Weiba komm uff die dämlichsten Ideen.
Der Kleine: Denn würd ick ma saren, wir haun uns in die rosa Schüssel und suchen dit Weite.
Sie drücken dem Imbißverkäufer Geld in die Hand, steigen ins Auto und fahren los.

Gerichtssaal

Die Vorsitzende: Sie haben gehört, Herr Altmann, was Ihnen vorgeworfen wird. Wollen Sie sich dazu äußern, oder überlassen Sie daß Ihrer Anwältin?
Altmann: Ich äußere mich. Zuerst zu der Behauptung, ich, das heißt wir, mein Tonmann und ich, hätten die Beamten bei ihrer … Arbeit behindert. Wir standen vor der Tribüne und hinter der Polizeikette, die die Tribüne mit den … also der Staatsführung abriegelten. Die Kamera war aus. Es gab ja nichts zu filmen. Bilder der friedlich Demon-

strierenden auf dem Lustgarten hatten wir bereits reichlich. Und dann ging es los, völlig überraschend für alle, auch für die da oben. Ich meine, die auf auf der Tribüne. Völlig überraschend deswegen, weil den ganzen Verlauf über kein rechter Extremist zu sehen gewesen war. Wir hatten förmlich nach welchen gesucht, aber an dem Tag war Berlin ausländerfeindefrei, kann ich das so sagen?
Die Vorsitzende: Sie können hier alles sagen. Aber bleiben Sie vor allem bei der Sache.
Altmann: Das gehört zur Sache.
Die Vorsitzende: Deswegen können Sie es ja auch sagen.
Altmann: Danke. Als erstes hörte ich die Trillerpfeifen, da hab ich die Kamera eingeschaltet, dann kamen die ersten Sachen geflogen, Eier, Tomaten, und ich bin vorgegangen und hab mir einen Blickwinkel gesucht und draufgehalten auf die Eierwerfer. Dann hab ich mich umgedreht und auf die Tribüne gehalten, wo sie Schirme aufspannten, gegen die Eier und das Gemüse. Es war alles rein vegetarisch, schon deswegen war mir klar, daß es sich da nicht um Rechte handeln konnte.
Der Staatsanwalt: Wir wissen inzwischen, daß es keine Rechten waren, sondern linke Chaoten.
Die Vorsitzende: Was tat die Polizei?
Altmann: Nichts, zunächst mal. Die hatten keine Befehle. Die waren auch nicht ausgerüstet für so was. Welche hatten Helme, aber nicht alle. Einen Schild hatte kein einziger. Aber als sie gesehen haben, daß da nur weiche Sachen geflogen kamen, sind sie vorgegangen, über die Sperrgitter weg. Und wir sind mit der Kamera nachgerückt und haben ihnen sozusagen über die Schulter gesehen, das gehörte zu unserem Auftrag. Zu unserem Auftrag gehörte ja nicht, wegzusehen. Außerdem sieht die Konkurrenz ja auch nicht weg. Und dabei kam es dann zu den Behinderungen der Bu... Vollstreckungsbeamten.
Der Staatsanwalt ist recht zufrieden. Er lehnt sich zurück. Die Vorsitzende stellt Augenkontakt mit der Isenthal her. Die Isenthal lächelt nur unmerklich.

Die Vorsitzende: Sie und Ihr Tonmann haben dann die Beamten bei ihrem Vorgehen behindert.
Altmann: Wie denn? Die haben *uns* behindert. Wie kann ich denn mit einer nicht ganz leichten Kamera auf der Schulter jemand behindern? – Die Beamten haben von uns verlangt, wir sollen zurückgehen und Platz machen. Schließlich haben sie uns weggedrängt und gezogen und unsere Personalien festgestellt, mitten in dem ganzen Aufriß. Und wir haben ihre Dienstnummern verlangt.
Die Vorsitzende: Und in welchem Moment ist dann der Schlag gegen das Gesicht des einen der Beamten geführt worden, so daß ihm die Brille runtergefallen ist und kaputtging?
Altmann: Keine Ahnung, da ich ihn nicht geschlagen habe. Ich sags nochmal: Ich hatte keine Hand frei. Ich hatte beide Hände an der Kamera. Eh ich meine Kamera loslasse, laß ich mich eher selber totschlagen, ehrlich gesagt. Ich kann mir nur vorstellen, daß der Mann mit der Sonnenblende meiner Kamera in Berührung gekommen ist, als die mich herumgerissen haben, und daß ihm dabei die Brille runtergefallen ist. So sieht das mein Assi auch.
Die Vorsitzende: Fragen an Herrn Altmann?
Der Staatsanwalt: Sie wollen doch nicht sagen, Herr Altmann, daß Sie als Kameramann nicht mitbekommen, was um Sie herum vorgeht. Oder arbeiten Sie unter einem schwarzen Tuch wie unsere Großväter?
Altmann: Doch, genau das will ich sagen – jedenfalls, wenn ich durch den Sucher sehe, und ich habe die ganze Zeit durch den Sucher gesehen. Und da sehen Sie selbst bei der kürzesten Brennweiten dieser Kamera nichts, was außerhalb hundertzwanzig Grad vor sich geht, die Dreihundertsechziggradkamera harrt nämlich noch ihrer Erfindung. Und was das schwarze Tuch angeht …
Die Isenthal bremst ihn.
Der Staatsanwalt: Aber fest steht doch wohl, daß es schon vorher zwischen den Beamten und Ihnen zu körperlichem Kontakt gekommen ist, daß Sie den Bewegungsspiel-

raum der Beamten nach hinten sozusagen eingeengt haben.
Altmann: Dazu kann ich nur sagen – auch ich hatte keinen Spielraum, nach dem Gesetz, wo ein Körper ist, kann ein anderer nicht sein. Und hinter mir war die Tribünenwand. Wenn Sie mich fragen, konnten die Beamten nicht damit leben, daß wir ihr Vorgehen filmten, und wollten uns klipp und klar daran hindern.
Die Vorsitzende: Noch Fragen? – Dann die Zeugen bitte!
Die Zeugen kommen. Drei ziemlich junge Männer in Uniform.
Die Vorsitzende: Wer von Ihnen ist Herr Krämer, von Beruf Polizeiwachtmeister und nicht verwandt mit dem Angeklagten? Ich gehe davon aus, daß Sie als Polizeibeamter ihre Rechten und Pflichten als Zeugen kennen. Haben Sie schon mal vor Gericht gestanden, als Zeuge?
Krämer: Ja.
Die Vorsitzende: Dann wissen Sie also Bescheid. Es geht um die Wahrheit.
Krämer: Jawoll.
Die Vorsitzende: Wie lauten Ihre Vorwürfe gegen Herrn Altmann?
Krämer: Daß er mich in Ausübung meines Dienstes ins Gesicht geschlagen hat. Wie ich in meiner Vernehmung ausgesagt habe.
Die Vorsitzende: Haben Sie gesundheitlichen Schaden davongetragen?
Krämer hebt sie Schultern.
Die Vorsitzende: Waren Sie beim Arzt?
Krämer: Ja, aber es war sehr voll.
Die Vorsitzende: Spüren Sie denn etwas?
Krämer: Nein.
Die Vorsitzende: Was war mit Ihrer Brille?
Krämer: Die fiel bei dem Schlag runter. Ein Glas ging kaputt, wie ich in meiner Vernehmung gesagt habe.
Die Vorsitzende: Herr Krämer, wie Sie sicher wissen,

haben wir hier alle Ihre und die Aussagen Ihrer beiden Kollegen vor Augen – aber es ist nun mal gerichtsüblich und auch gut so, daß Zeugen sich doch etwas wortreicher und farbiger äußern, zumal wenn sie auch den Strafantrag gestellt haben. Oder stehen Sie nicht mehr dazu?
Krämer: Wir hatten an dem Sonntag den Auftrag, den Raum vor der Tribüne zu sichern, unliebsame Personen und Störer fernzuhalten, und wir sollten verhindern, daß den Personen auf der Tribüne etwas geschieht, daß sie an der Erfüllung ihrer politischen Aufgaben gehindert werden. Wir standen hinter den Absperrgittern, direkt vor uns die erste Reihe der Demonstranten. Da ging die Randale der linken Randalierer los. Herr Altmann stand direkt hinter uns. Er drängelte sich sofort zwischen mich und den Kollegen Dinter hier, um besser filmen zu können. Das ließen wir uns eine Weile gefallen. Als der Befehl zum Vorgehen kam, folgte uns Herr Altmann mit seiner Kamera und behinderte uns ständig bei der Zurückdrängung und Verfolgung der linken Chaoten. Wir forderten ihn mehrfach auf, sich hinter die Sperrgitter zurückzuziehen, was er nicht tat. Als ich ihn nach seiner Drehgenehmigung fragte, schlug er mir mit der Hand ins Gesicht. Ich war so geschockt, daß ich einen der Chaoten aus den Augen verlor und ihn so nicht der Feststellung seiner Personalien zuführen konnte. Dann griffen die Kollegen Dinter und Kluwe hier und ich den Herrn Altmann und zwangen ihn, seine Personalien feststellen zu lassen, und daß wir ihn anzeigen werden wegen Widerstand gegen Vollstreckungsbeamte.
Die Vorsitzende: Ich schlage vor, auf die mündlichen Aussagen der zwei weiteren Zeugen zu verzichten, zumal sie in der Vernehmung fast wortgleiche Formulierungen verwenden, vor allem in bezug auf den Hauptpunkt der Anklage – den Schlag ins Gesicht von Herrn Krämer. Oder will jemand der Zeugen seine Aussage zurücknehmen oder verändern?
Keiner will das.

Der Staatsanwalt: Bin einverstanden. Die Dinge liegen doch so klar wie selten.
Die Isenthal: Einverstanden.
Die Vorsitzende hebt die Brauen.
Die Vorsitzende: Sie wollen jetzt sicher einen weiteren Zeugen aufrufen, Frau Isenthal, den Assistenten des Herrn Altmann.
Die Isenthal: Ich verzichte. Der Zeuge ist zur Zeit außer Landes. Obwohl er ausgesagt hat, daß mein Mandant keineswegs irgendeinen Schlag ausgeführt hat und auch dabei bleiben würde, stünden damit nur zwei gegen drei Aussagen. Ich hab aber noch Fragen an die Zeugen der Anklage. – Meine Herren! Wie die Frau Vorsitzende gehe ich davon aus, daß sie bestens über Ihre Rechte und vor allem Ihre Pflichten als Zeugen informiert sind. Um allen Eventualitäten vorzubeugen, lese ich Ihnen den einschlägigen Paragraphen vor: Wer vor Gericht oder vor einer anderen zur eidlichen Vernehmung von Zeugen oder Sachverständigen zuständigen Stelle uneidlich falsch aussagt, wird mit Freiheitsstrafe von drei Monaten bis zu fünf Jahren bestraft. Ich weiß nicht, aus welchem Motiv heraus Sie hier – wie ich unterstelle – falsch aussagen. Was ich Ihnen aber empfehlen möchte: Überprüfen Sie Ihr Motiv jetzt, da Sie es noch ungestraft können. Nehmen Sie Ihre Aussagen zurück. Ich zitiere Ihnen den entsprechenden Gesetzestext, damit Sie auch sicher sind, daß ich fair vorgehe: Das Gericht kann die Strafe wegen … falscher uneidlicher Aussage nach seinem Ermessen mildern, wenn der Täter die falsche Aussage *rechtzeitig* berichtigt. Die Berichtigung ist nicht verspätet, wenn sie bei der Entscheidung noch verwertet werden kann und so weiter. Und noch etwas: Nach der landläufigen Rechtssprechung kann die Berichtigung auch durch Schweigen, also zum Beispiel auf eine entsprechende Frage geschehen. So viele Chancen für Sie. Ich frage Sie also: Ist es richtig, daß Sie bei Ihrer bisherigen Aussage bleiben, Herr Altmann habe Herrn Krämer ins Gesicht geschlagen?

Zunächst schweigen die nun doch etwas verunsicherten Polizisten.
Dann antworten sie der Reihe nach: Ja, das ist richtig, ja.
Die Isenthal setzt sich.
Die Vorsitzende: Die Zeugen sind entlassen.
Die drei stehen auf und setzen sich auf die Zuschauerbänke.
Die Isenthal: Ich habe einen Beweisantrag zu stellen. Das Gericht möge zustimmen, einen Film in Augenschein zu nehmen, der von dem Angeklagten gedreht worden ist und der belegen wird, daß Herr Altmann an dem fraglichen Sonntag vor der Tribüne im Lustgarten gar keinen Schlag geführt haben kann, sondern daß die Brille des Herrn Krämer offenbar durch andere Einwirkung, offenbar der Sonnenblende, zu Boden und zu Bruch gegangen ist. Dieser Film geht auf die Tatsache zurück, daß Herr Altmann instinktiv seine Kamera laufen ließ, bis zu dem Moment, als er sie absetzte, um seinen Personalausweis aus der Tasche zu ziehen.
Unruhe unter den drei Polizisten.
Der Staatsanwalt: Ich beantrage, diesen Antrag abzulehnen. Offenbar sind der Angeklagte und seine Vertreterin in der Verabredung gewesen, dieses Beweismittel bis zu diesem Zeitpunkt zurückzuhalten. Sie hätten diesen Film, sollte er tatsächlich so beweiskräftig sein, sofort dem Gericht zur Verfügung stellen müssen. Dann hätten wir diesen Tag mit nützlicheren Dingen verbringen können.
Die Vorsitzende berät mit ihren Beisitzern.
Die Vorsitzende: Ganz kann sich die Kammer dem Argument der Staatsanwaltschaft nicht verschließen, sieht aber keine rechtliche Möglichkeit, dem Antrag der Verteidigung nicht stattzugeben.
Die Isenthal geht aus dem Saal und holt ein fahrbares Regal in den Saal, auf dem Fernseher und Videorecorder aufgebaut sind. Sie postiert ihn so, daß sowohl die Kammer wie die drei Polizisten Blick darauf haben können. Dann setzt die Kassette ein und startet.

Auf dem Bildschirm läuft der für die Sendung gedrehte Film bis zum Ende durch. Ab einem bestimmten Punkt ist Krämer in Uniform im Bild, machmal auch seine Kollegen. Das Bild wackelt, wenn Altmann gegriffen und gestoßen wird. Dann wird er herumgerissen. Als Krämer wieder im Bild ist, hat er keine Brille mehr. Er taucht ab, um sie zu suchen. – Danach ist Schweigen im Saal.
Unvermittelt sagt Krämer: Is eben Scheiße! Immerzu hetzen die da oben uns in irgendwas rein. Meistens sind wir nicht richtig ausgerüstet oder nicht richtig ausgebildet und solln das ausbaden, was die vergeigt haben, und dann sind wir die schwarzen Männer. Da will man einfach auch mal die Oberhand haben. Das ist alles. Reißen Sie uns dafür den Kopf ab!
Die Isenthal: Wenn ich richtig sehe, ist dies die Rücknahme einer Aussage. Ich werde auf Freispruch plädieren.

Kanzlei. Lieblings Wohnzimmer

Liebling sitzt an seiner Reiseschreibmaschine – Lena liegt leger auf dem Bett. Man darf vermuten, daß sie bei Liebling genächtigt hat.
Liebling diktiert und schreibt zugleich.
Liebling: Vertrag. Die vertragschließenden Parteien erklären zunächst, daß dieser Vertrag einen privaten und einen offiziellen Teil hat. Die vertragschließenden Parteien sind Frau Lena Lewandowski und Herr Robert Liebling. A. Privater Teil: Herr Robert Liebling ist während des eheähnlichen Zusammenlebens mit Frau Lena Lewandowski berechtigt: 1. soviel Götterspeise zu verzehren, wie er das Bedürfnis hat, zu welcher Zeit auch immer; 2. soviel Alkohol zu trinken, in welcher Form auch immer, als er das Bedürfnis hat.
Lena: Und als es das Zusammenleben nicht beeinträchtigt.

Liebling: Gut. – 3. Herr Robert Liebling ist berechtigt, Zigarren in einer Menge zu rauchen, als er das Bedürfnis hat.
Lena: Mit dem gleichen Zusatz wie zu zweitens und außerdem nicht zur Nachtzeit.
Liebling: Auch das. – 4. Herr Robert Liebling kann über seine freie Zeit verfügen, wie es ihm beliebt. Insbesondere muß er keine Rechenschaft darüber ablegen, *wie* er seine freie Zeit verbringt.
Lena: In den Grenzen, die ein Zusammenleben erfordert.
Liebling: Und wer legt die fest?
Lena: Das wird sich zeigen.
Liebling: Insbesondere ist Herr Robert Liebling nicht verpflichtet, regelmäßig an gemeinsamen Einkaufstrips teilzunehmen, stundenlang bei der Auswahl von Textilien, Schuhen oder Schmuck zugegen zu sein. Ausgenommen es handelt sich um eigene Einkäufe. Wiederum enthält sich Frau Lena Lewandowski, ihn dabei zu beraten oder zu begleiten.
Lena: Bitte.
Liebling: 5. Frau Lena Lewandowski duldet die Begleitung Herrn Robert Lieblings bei Besuchen von Spielcasinos etc. und verpflichtet sich, besagte Etablissements zu verlassen, wenn Herr Robert Liebling das für richtig hält. Weiterhin: Frau Lena Lewandowski versichert, ohne Herrn Liebling keins der besagten Etablissements zu betreten wie auch keine dritten Personen zu Spieleinsätzen zu bevollmächtigen. Zuwiderhandlungen berechtigen Herrn Liebling zur sofortigen Aufkündigung des Zusammenlebens.
Lena schweigt.
Liebling: Was is?
Lena: Okay. – 6. Frau Lena ihrerseits ist berechtigt, das Zusammenleben sofort zu kündigen, falls sich Herr Liebling nicht enthält, Kontakte zu anderen weiblichen Personen zu unterhalten, die den Tatbestand der Untreue erfüllen.

Liebling tippt nicht.
Lena: Na?
Liebling: Was heißt das?
Lena: Was heißt das schon!
Liebling: Wir heiraten doch nicht!
Lena: Aber wir leben zusammen. Und zusammen leben heißt nicht zusammen *leben* und mit anderen schlafen.
Liebling tippt schweigend.
Liebling: Gleiches gilt für Frau Lena Lewandowski. Jetzt zum offiziellen Teil. 1. Frau Lena Lewandowski übergibt auf die Dauer von fünf Jahren die Verwaltung ihres gesamten liquiden und illiquiden Vermögens an Herrn Robert Liebling. 2. Herr Robert Liebling verpflichtet sich, dieses Vermögen nach bestem Wissen und Gewissen zu bewahren und zu vermehren. 3. Herr Robert Liebling beansprucht für diese fünf Jahre kein Gehalt oder sonst eine materielle Vergütung. 4. Frau Lena Lewandowski beansprucht in diesen fünf Jahren für sich eine monatliche Apanage von dreitausend Mark, exklusive laufender Kosten.
Lena: Viertausend.
Liebling: Dreifünf. Über diese Summe kann Frau Lewandowski frei verfügen – ausgenommen die im privaten Teil festgeschriebenen Einschränkungen. 5. Frau Lena Lewandowski verpflichtet sich, in diesen fünf Jahren ein Hochschulstudium erfolgreich zu absolvieren.
Lena: Schauspiel.
Liebling: Die Prüfung hast du schon bestanden, vor Gericht. Welche Schauspielerin kann das von sich sagen … Frau Lewandowski wird Betriebswirtschaft studieren, um nach fünf Jahren ihr Vermögen selbst verwalten zu können. Jedes Jahr mehr bis zur Beendigung ihres Studiums verlängert die Gültigkeit dieses Vertrages um ebensoviel.
Unterschriften.
Er unterschreibt. Dann gibt er die Schrift Lena. Lena liest – aber anstatt zu unterschreiben, zerreißt sie das Papier.

Lena: Da kann ich mich ja gleich umbringen!
Und sie fängt an, die wenigen Sachen, die von ihr im Zimmer sind, zusammenzuraffen. Liebling hebt die Achseln. Ein Bild des Bedauerns.

AtV

Band 1421

Ulrich Plenzdorf
Liebling, Prenzlauer Berg

206 Seiten
ISBN 3-7466-1421-X

»Ein Mörder will lieber lebenslänglich im Knast bleiben, als entlassen zu werden. Ein Arbeitsloser wird von seiner Frau vergewaltigt. Zwei Cowboys klauen ihr eigenes Auto, um damit nach Kanada zu fahren. Eine süchtige Nutte bescheißt einen Vietnamesen, der dafür fünf Jahre sitzen soll. Ein Bulle sagt lieber, er war bei der Stasi, als ein Wort mit seiner Frau zu reden. Ein Anwalt läßt sich von seiner reizenden Freundin enteignen, wird obdachlos und muß auf seine alten Tage seine Brötchen wieder bei Gericht verdienen. Das alles im tiefsten Berliner Osten. Und der Anwalt bin ich – Robert Liebling.«

AtV

Band 1453

Caroline Link
Jenseits der Stille

Arno Meyer zu Küingdorf nach dem Drehbuch von Caroline Link

128 Seiten
ISBN 3-7466-1453-8

Mit ihrem außergewöhnlichen Filmdebüt *Jenseits der Stille* besetzte die Filmemacherin Caroline Link neues Terrain in der deutschen Kinolandschaft. In starken Bildern und leisen Tönen erzählt nun ihr Roman die Geschichte Laras, die seit früher Kindheit zwischen ihren gehörlosen Eltern und der Umwelt dolmetschen mußte. Es ist die Geschichte einer schwierigen Abnabelung von der Welt der Eltern und der Kindheit, in der die Autorin auch den tragischen und komischen Seiten des Lebens und den Gefühlsmomenten eines Wimpernschlags ihren Raum läßt.

**Ausgezeichnet mit dem Bundesfilmpreis 1997
Bester Film: Filmband in Silber
Beste Hauptdarstellerin: Sylvie Testud
Beste Musik: Von Niki Reiser**

AtV

Band 1454

Frank P. Erben

bandits

Auf der Grundlage eines Drehbuches von Katja von Garnier und Uwe Wilhelm

153 Seiten
ISBN 3-7466-1454-6

**Emma, Luna, Angel und Marie = bandits
Die vier inhaftierten Frauen dürfen auf dem Polizeiball mit ihrer Band bandits auftreten. Doch daraus wird nichts, denn kurzentschlossen machen sich Frauen auf und davon. Ihr Spiel mit der Polizei beginnt, aber die vier, von jeglicher Norm losgesagten Frauen sind nicht mehr aufzuhalten. Als sie immer leichtsinniger werden, spitzt sich die Situation zu – bis zum letzten Showdown …
Eine Geschichte – heiter, melancholisch, frech und raffiniert – und dazu: viel Musik …**

AtV

Band 1344 **Joseph Tropiano**

Big Night

Nach einem Drehbuch von Stanley Tucci und Joseph Tropiano

Roman mit Kochrezepten

Aus dem Amerikanischen von Peter Maier

181 Seiten
ISBN 3-7566-1344-2

Wer in dem kleinen Nest New Jersey italienisch essen will, geht zu *Pascal's*: Spaghetti satt und jede Menge Folklore (Kitsch). Kaum jemand verirrt sich nach gegenüber ins *Paradise*, wo mit Primo ein wahrer Künstler am Herd steht, der sich wenig um den schlechten Geschmack der Leute schert. So kämpft sein Bruder Secondo, Kellner und Geschäftsführer in einem, auf verlorenem Posten: Das *Paradise* soll geschlossen werden. Es sei denn, die große Dinnerparty für den Jazzstar Louis Prima wird zu einem rauschenden Erfolg …
Viel Liebe, eine Prise Wehmut und jede Menge verrückter Charme sind die Zutaten zu dieser Geschichte, die nicht nur Gaumengenießer auf ihre Kosten kommen läßt.

»Eine kulinarische Ekstase!«

NEW YORK TIMES